UM ANO NA VIDA DE UM Total e Completo GÊNIO

by Stacey Matson

Tradução
Sandra Martha Dolinsky

GERAÇÃO
jovem

Título original:
A year in the life of a total and complete genius
Text copyright © 2014 Stacey Matson.
Illustrations by Simon Kwan © 2014 by Scholastic Canada Ltd.
Comic panel page 206 copyright © 2014 Stacey Matson. All rights reserved.
Published by arrangement with Scholastic Canada Ltd.

Copyright © 2016 by Geração Editorial

1ª edição — Outubro de 2016

Grafia atualizada segundo o Acordo Ortográfico da Língua Portuguesa
de 1990, que entrou em vigor no Brasil em 2009

Editor e Publisher
Luiz Fernando Emediato

Diretora Editorial
Fernanda Emediato

Assistente Editorial
Adriana Carvalho

Finalização
Alan Maia

Revisão
Gypsi Canetti

**Dados Internacionais de Catalogação na Publicação (CIP)
(Câmara Brasileira do Livro, SP, Brasil)**

Matson, Stacey
   Um ano na vida de um gênio / Stacey Matson ;
tradução Sandra Martha Dolinsky. -- São Paulo :
Geração Editorial, 2016.

   Título original: A year in the life of a total
complete genius
   ISBN 978-85-8130-357-4

   1. Ficção - Literatura juvenil I. Título.

16-05759   CDD: 028.5

Índices para catálogo sistemático

1. Ficção : Literatura juvenil   028.5

Geração Editorial
Rua Gomes Freire, 225 - Lapa
CEP: 05075-010 - São Paulo - SP
Telefax.: (+ 55 11) 3256-4444
E-mail: geracaoeditorial@geracaoeditorial.com.br
www.geracaoeditorial.com.br

Impresso no Brasil
Printed in Brazil

A mamãe e papai

OUTUBRO

O próximo grande romance canadense
(título a ser anunciado)

Arthur Bean

~~Era uma vez, houve~~

~~Houve uma vez um~~

~~Muito tempo atrás~~

~~Ontem~~

~~Hoje~~

~~A América é maravilhosa! Isso porque~~

~~Os EUA não são como o Canadá~~

~~Um menino e seu unicórnio se sentaram na grama e o unicórnio falava e disse~~

~~Assassinato! Houve um assassinato muito violento!~~

Cara sra. Whitehead,

Como sabe, não fui à aula ainda, mas minha vizinha do lado, Nicole, sugeriu que eu lhe escrevesse uma carta, já que vou começar logo. Não sei o que lhe escrever. Talvez eu conte um pouco sobre mim, para que sinta como se eu houvesse começado a escola junto com todos os outros.

Meu nome é Arthur Aaron Bean, mas normalmente atendo por Arthur. Passei o verão na casa dos meus avós em Balzac. Foi um longo verão. Na verdade, moro em um dos prédios bem perto da escola. Gosto de tricotar e assistir a filmes, às vezes as duas coisas ao mesmo tempo. Sou bem multitarefa. Gosto de escrita criativa, de modo que espero que tenhamos isso na aula e que eu não a perca. Eu devia ser o melhor escritor no ensino fundamental I, e pretendo ficar rico sendo romancista quando crescer. Não tenho irmãos, mas meu primo Luke é como meu irmão gêmeo.

Minha obra mais profunda até agora é uma história comovente chamada "Sockland". Nesse conto, um menino sobe na secadora durante um jogo de esconde--esconde com seus irmãos mais velhos. Acidentalmente ele é encolhido e se arrasta pela tubulação da secadora até Sockland. Sockland é a terra onde vivem as meias desaparecidas. Ele se diverte por um tempo, mas depois descobre que meias solteiras são muito chatas, e precisa encontrar um jeito de voltar para casa. Então, ele consegue que as meias o ajudem com a promessa de mandar seus pares pelo túnel, e rasteja de volta para dentro da secadora para voltar à terra dos humanos. A sra. Lewis disse que era muito original e que eu prometia de verdade tornar-me a próxima J. K. Rowling.

A secretária me disse que estou em uma classe com algumas pessoas da escola anterior, para eu me sentir mais confortável. Na verdade, ela não disse "pessoas", disse alguns dos meus amigos. Isso parece estranho, porque eu não era amigo de um monte de gente no ensino fundamental I. Na verdade, a maioria dos meus amigos foi para a escola católica, ao lado da nossa, e eu os via o tempo todo. Eu tinha dois amigos como Oliver, mas não era amigo da maioria das pessoas de minha classe. Além do mais, quem gostaria de ser amigo de caras como Robbie Zack? Eu não sou amigo de pessoas que escrevem "pençamentos" com ç. Boa sorte para quem for. Ele é o que minha mãe chama de "um bocado de Problemas, com P maiúsculo".

Cordialmente,
Arthur Bean

Caro Arthur,
 Obrigada por sua carta, e bem-vindo a Terry Fox Junior High! Estou muito contente por recebê-lo tanto em minha sala quanto em minha aula de inglês! Também fiquei chateada ao ouvir sobre as tristes circunstâncias que atrasaram seu início no sétimo ano. Por favor, saiba que estou disponível para conversar sobre qualquer coisa com você, a qualquer momento que precisar.
 Estou muito contente por você estar em minha classe. Espero que possamos explorar e criar espaços maravilhosos e imaginativos juntos este ano. Já que pintou um quadro tão bom de si mesmo, eis algumas coisas que vou compartilhar com você para que possamos nos conhecer!
 Em meu tempo livre (quando não estou corrigindo lições de casa), gosto de canoagem, esqui, e de levar meu cachorro, Bruno, para passear. Meu livro favorito é "As vinhas da ira", de John Steinbeck, e minha peça de teatro favorita é "Sonho de uma noite de verão", de Shakespeare. Espero que em breve seja sua peça favorita também, já que vamos estudá-la neste inverno!
 Fico feliz por se entusiasmar com a escrita criativa, e parece que você está pronto para desafiar a si mesmo em minhas aulas. Estou ansiosa para ler um pouco de seu trabalho e espero saber mais sobre seus hobbies ao longo do ano.
 Só mais uma coisa: por favor, respeite seus colegas de classe. Cada um tem seus pontos fortes, e ortografia ruim não significa que alguém não seja criativo. Agatha Christie escrevia mal, e veja como seus livros são famosos!
 Sra. Whitehead

Cara sra. Whitehead,

Quem é Agatha Christie?

Cordialmente,
Arthur Bean

▶▶ ▶▶ ▶▶

ATENÇÃO, FUTUROS AUTORES!
Terry Fox Junior High tem o prazer de participar de um grande Concurso Municipal de Contistas Mirins. Os vencedores do concurso serão publicados em uma edição nacional da revista *Writers Write Now (WWN)*. E você também pode ganhar 200 dólares!
Prazo de entrega dos contos: 1º de abril
Veja mais detalhes aqui!

▶▶ ▶▶ ▶▶

Tarefa: Cartas Pessoais
Escreva uma carta para você no futuro. A época você escolhe: pode escrever para si mesmo no final do ano escolar, quando se formar no ensino médio, quando se casar, ou, talvez, quando estiver se aposentando! Imagine como será sua vida e faça a si mesmo algumas perguntas. Não se esqueça de contar sobre sua vida de agora! Certifique-se de usar a estrutura de carta adequada com a qual trabalhamos em sala de aula.

Data de Entrega: 8 de outubro

▶▶ ▶▶ ▶▶

8 de outubro

Arthur Bean
Apt. 16, 155 Tormy Street
Calgary, AB

A.A. Bean
1 Park Avenue
Cobertura
Nova York, NY

Querido futuro Arthur,

Olá. Como vai você? Estou bem, obrigado por perguntar. Fiquei surpreso ao descobrir que você mora em Nova York — se bem que uma cobertura na Park Avenue parece legal. É um dos lugares mais caros no jogo Monopoly, então você deve ser muito famoso e muito rico. Seu primo Luke ainda é seu vizinho? É muito legal que vocês dividam uma piscina e se vejam todos os dias. Como é sua esposa, Kennedy? É tão engraçado pensar que foi só nesse ano que você conheceu essa deusa loira. Lembra como você a via todos os dias na sala de aula e nunca falava com ela, mas depois a convidou para dançar no Baile de Halloween? Foi tão legal o jeito que ela desmaiou em seus braços, e você foi tão viril, pegando-a no colo e carregando-a para fora do baile. A partir de então ela passou a chamá-lo de seu príncipe. Ela ainda o chama de príncipe Arthur? Mal posso esperar até que isso aconteça, já que ainda é outubro aqui. Aposto que o Baile de Halloween foi na mesma noite que Robbie Zack teve raiva e morreu. Que descanse em paz. Como é seu mais recente romance famoso? Só agora comecei a Parte I de nossa autobiografia, e ainda estou trabalhando no maior romance de todos os tempos. Além disso, estou começando um conto para vencer um concurso, mas é claro que você sabe, porque foi quem ganhou! Estou muito feliz porque você conseguiu terminar esse seu romance em um ano, e a seguir, escreveu mais 45 livros. De qual livro você vendeu os direitos para o cinema primeiro? Espero que tenha sido um bom. Caso você esteja imaginando coisas sobre mim, acho que está tudo bem. Pickles fugiu de novo. Ela era uma gata terrível, de qualquer maneira, e seu pelo estava caindo. Eu acho que ela está triste. Ou talvez tenha fugido com o malhado que mora duas portas abaixo para formar uma nova família felina. Tanto faz. Estou quase terminando minha primeira blusa de tricô. Nicole, da casa ao lado, diz que meus pontos são muito regulares. Espero que eu acabe até começar o frio, o que pode acontecer amanhã. Hahaha. Meu próximo projeto será uma blusa para Pickles, se ela voltar. Por favor, diga a Kennedy que eu a amo, e responda em breve. Hahaha.

Cordialmente,
Arthur Bean

▶▶ ▶▶ ▶▶

Arthur,

Sua carta flui bem de um assunto a outro, e você fez um bom trabalho na criação de um novo mundo para seu eu famoso! Lembre-se de abrir parágrafos para ideias diferentes; isso vai ajudar a separar e organizar sua carta. Você usa bastante o humor; no entanto, por favor (de novo), abstenha-se de matar seus colegas. O respeito é um longo caminho.

Sra. Whitehead

▶▶ ▶▶ ▶▶

Diário de Leitura

À medida que formos avançando no ano leremos e discutiremos livros, em sala de aula e em pequenos grupos. Gostaria que você registrasse seus pensamentos sobre esses livros, e outros que ler este ano, em um diário de leitura. Pode escrever sobre o que o livro lhe fez sentir, o que gostou ou não nele, ou o que a obra significa para você. Sinta-se livre para escrever em seu diário sobre os livros que lê; este é *seu* espaço! A nota será de participação, o que significa que seu estilo de escrita ou seus sentimentos sobre os livros não serão julgados, e sim a forma como desenvolveu o trabalho no geral. Quem sabe escrever os pensamentos sobre aquilo que você lê eleve o nível das conversas em sala de aula.

12 de outubro

Querido Diário de Leitura,

Você se importa se eu o chamar de DL? Eu sempre quis ter um amigo que pudesse chamar só pelas iniciais. Havia um garoto chamado PJ no ensino fundamental I, mas ele não era muito legal comigo. Ele andava com Robbie Zack, e juntos zoavam as crianças menores que eles. Não é minha culpa ser baixinho. PJ ria quando Robbie Zack colocava sanduíches mofados em minha mochila de educação física todas as manhãs depois que o sinal tocava. Robbie dizia às pessoas que eu cheirava a peido porque meu sobrenome era Bean [feijão, em inglês]. Mas eu cheirava a peido porque ele colocava comida estragada em minha mochila. Como tento dizer a meu pai, não é fácil ser Bean.

Então, acho que talvez Robbie seja como as crianças idiotas do livro *Word Nerd*. Ou, talvez, como a escola inteira em *The Chocolate War*. Mas Robbie nunca me bateu, então acho que a coisa não é tão ruim quanto nesses livros. Falando em livros, achei *Word Nerd* bom, mas *The Chocolate War* foi chato e não consegui terminar. O cara morre? Não sei. Enfim, DL, estive lendo um monte de livros, porque sou escritor também. Na verdade, há um concurso de redação na escola e vou ganhar. Boa noite, DL.

Cordialmente,
Arthur Bean

▶▶ ▶▶ ▶▶

Tarefa: Elegias e Odes
Escreva uma elegia ou uma ode como as que estudamos em sala de aula. Seu poema deve ter pelo menos três estrofes. Pode escrever uma elegia engraçada (talvez sobre a morte de seu par de sapatos favorito) ou uma ode inspirada. Divirta-se!
<u>Uma rápida revisão:</u>
Uma ode é um poema que elogia alguém ou algo que inspira o poeta.
Uma elegia é um poema pesaroso ou triste, geralmente escrito como uma canção fúnebre ou um lamento pelos mortos.
Data de entrega: 14 de outubro

▶▶ ▶▶ ▶▶

Elegia a Bobby Mack, um valentão totalmente inventado, que não se baseia em qualquer pessoa de minha vida real

Arthur Bean

A jaqueta de futebol de seu pai,
Que nunca serviria em você, de qualquer maneira,
Jaz vazia no chão,
Pois duvido que você guarde suas roupas no armário

Que coisa constrangedora
Morrer como Elvis morreu,
Mas não ser famoso.
Portanto, nem é legal

Seus sonhos de trabalhar
À noite no McDonald's
Foram por água abaixo
Naquela noite

Tenho certeza de que Tyler e Richie
Vão sentir sua falta no ônibus.
Mas eu não, já que podia sentir seu cheiro
E me sentava três lugares a sua frente

Nunca mais vou ser forçado a ouvir
Seus burros e estúpidos insultos
Sobre meu tricô e minha aparência,
Que, a propósito, são legais

Sua voz, um dia alta e
Mais ofensiva que mil chimpanzés berrando
Não vai mais gritar idiotices.
O mundo suspira de alívio.

Arthur, por favor, venha falar comigo depois da aula.

Sra. Whitehead

Ode ao tricô

Arthur Bean

Oh, o som das agulhas
Batendo e tilintando
Como um par de besouros
no feno acasalando

Pronta está minha blusa praticamente
Só resta uma manga a fazer
Mas tenho que comprar lã que combine
Não me sinto diminuído, simplesmente
Só algumas carreiras com azul vou tecer
E espero que minha nova moda predomine

A maioria das pessoas diz que é esquisito
Que um menino não deve tricotar
Mas é quando eu digo algo, nada aflito:
"É preciso ter colhões para tricotar!"

Arthur, isso é um uso muito melhor de seus talentos! Bom uso do humor e de rimas; uma ode apropriada a seu singular passatempo!

Sra. Whitehead

▶▶ ▶▶ ▶▶

15 de outubro

Querido DL,

Hoje eu estava lendo um livro na sala de aula, mas não lembro nada do que li. Isso por duas razões. Uma porque o livro era besta e parecia ser de caubóis e cavalos, o que eu acho muito ultrapassado, já que ninguém mais é caubói. A segunda razão tem a ver com a aula. A sra. Whitehead decidiu nos inscrever no concurso de escrita criativa. Ela disse que seria bom ter um "segundo par de olhos" sobre nosso trabalho. Eu comentei que quem usa óculos já tem um segundo par de olhos, mas, aparentemente, fui "impertinente". Enfim, você nunca vai adivinhar quem vai ser minha parceira, DL. Kennedy! Kennedy Laurel vai ser minha parceira de escrita criativa. Vai ser difícil, acho, porque quero ser solidário com seu trabalho, mas também quero ganhar o concurso. Estou muito feliz por formarmos duplas com crianças de outras salas. Isso torna a coisa mais profissional. É que eu odiaria que ela visse meu trabalho na classe e se deixasse intimidar por minha excelência. Aposto que a história dela é de amor. Oliver disse ontem que Kennedy tem um namorado, e que ele está no oitavo ano. Então, a história dela vai ser só beijos e verdadeiro amor, o que é uma porcaria total. Minha história vai ser muito melhor. Ainda a acho incrível, por isso espero que ela não fique muito triste quando ganhar em segundo lugar.

 Acho que também deveria dizer algo aqui sobre o livro que estou lendo — não tenho certeza. É um livro para a classe toda. É legal, porque o autor é muito bom ao explicar como se sente quando sua mãe morre. É como se minha vida fosse como a do caubói besta do livro, que não chora. Só que eu não sou caubói, e, definitivamente, não vou chorar quando ganhar 200 dólares. Portanto, tudo que necessito agora é a maior ideia do mundo para o melhor conto de todos os tempos. Não que vá demorar muito para aparecer.

Cordialmente,
Arthur Bean

⏩ ⏩ ⏩

De: Kennedy Laurel (imsocutekl@hotmail.com)
Para: Arthur Bean (arthuraaronbean@gmail.com)
Enviado: 23 de outubro, 9h21

Olá, Arthur! Estou muito animada por você ser meu parceiro de escrita criativa!!! Hahaha!! Adoro escrever histórias, e vai ser muito divertido compartilhar ideias com você! Eu nem sabia que você gostava de escrever! Você tem que participar do jornal! Nós nos divertimos muito fazendo reportagens! E é ÓTIMO para treinar a escrita!
   Por enquanto, acho que minha história para o concurso vai ser de vampiros! Vai ser sobre um sujeito trancafiado em uma instituição mental porque vê VAMPIROS e fica dizendo às pessoas que eles estão atrás dele, mas todo o mundo acha que ele é louco. Claro, os vampiros vão ser reais, rs! Não sei bem como vai acabar ainda, mas provavelmente vai ser algo SANGRENTO! Você tem alguma ideia?

Kennedy ☺

De: Arthur Bean (arthuraaronbean@gmail.com)
Para: Kennedy Laurel (imsocutekl@hotmail.com)
Enviado: 23 de outubro, 10h04

Querida Kennedy,

Amo você

De: Arthur Bean (arthuraaronbean@gmail.com)
Para: Kennedy Laurel (imsocutekl@hotmail.com)
Enviado: 23 de outubro, 10h09

Desculpe, Kennedy! Acidentalmente apertei enviar antes de terminar a frase. Eu queria dizer que amo você ter tido <u>essa ideia!</u> Não sei como sua história deve terminar, mas vou pensar. Também vou entrar para o jornal com você. Parece legal. Não sei quanto tempo vou poder dedicar a isso, visto que já escrevo muito. Estou pensando em me tornar um escritor mundialmente famoso, por isso preciso treinar. Acho que minha história vai ser épica.

Eu estive pensando, talvez seja a história de um homem pobre que pensa que é um cavaleiro. Ele vive em uma aldeia e pensa que os moinhos de vento são dragões, então, tenta matá-los. Parece engraçado, mas vai ser muito triste. Ele vai achar que uma camponesa da aldeia próxima é uma princesa para salvar. No final, vai morrer de desgosto. Esse é o enredo principal até agora.

Cordialmente,
Arthur Bean

De: Kennedy Laurel (imsocutekl@hotmail.com)
Para: Arthur Bean (arthuraaronbean@gmail.com)
Enviado: 23 de outubro, 20h13

Olá, Arthur! Você é tão engraçado! Fico feliz por você entrar para o jornal! Com isso serão DOIS novos repórteres, rs! Robbie Z também vai participar! Conhece Robbie? Somos vizinhos de porta! Bem, não exatamente, mas ele mora do outro lado da rua e nós jogamos no mesmo time de beisebol DESDE PEQUENOS! Eu sei que Robbie odeia escrever, mas SEMPRE estamos precisando de fotógrafos e artistas, rs!
    Bom, sua história parece bem legal, mas... hum... tenho certeza de que já existe uma história famosa assim. Meus pais me levaram para ver uma peça chamada *Dom Quixote*, e era, tipo, a mesma história que a sua! Talvez você tenha visto a mesma peça e esquecido que viu, rs! Isso acontece comigo toda hora também, rs! Mas tenho certeza de que você pode mudá-la e transformá-la em uma nova história! Muitos grandes escritores reescrevem histórias de outros!
    Bom, tenha um bom fim de semana, e vejo você na reunião do jornal na segunda-feira, na hora do almoço! Sala 204! Meu namorado vai me levar para jogar BOLICHE amanhã, rs!, MUITO divertido, rs!

Kennedy ☺

▶▶ ▶▶ ▶▶

24 de outubro

Querido DL,
    Ainda estamos lendo o livro do caubói. Não sei por que o estamos estudando. A sra. Whitehead disse que ELA o estudou no ensino médio. Quantos anos tem esse livro?! E por que autores escrevem histórias baseadas na "realidade"? É chato. Primeiro, como eu disse antes, vaqueiros não são de verdade, não do jeito que os livros os descrevem. E nenhuma criança jamais se chamaria de caubói. Seria como se crianças que jogam D&D se chamassem de *geeks*. *Cowboys Don't Cry*? Claro que não. Quem se "identificaria" com esse livro? Aposto que a sra. Whitehead diria que é "simbólico". Minha mãe me disse que o simbolismo nos livros é tudo inventado, mas acho que a fazenda nesse livro simboliza o tédio de todo o mundo que o lê. Luke disse que sua classe está lendo *Jogos vorazes*. Parece muito melhor. Eu gostaria de morar perto dele, daí começaria a ler livros melhores na escola.
    Eu prefiro ler histórias em que o mundo não é real, é inventado, com ogros, cavaleiros e magia. Pelo menos, os mocinhos são mocinhos, e a princesa não tem um vizinho que "acidentalmente" bate na cabeça das pessoas com sua mochila quando vai para o fundo do ônibus, como Robbie faz comigo. Ela também não tem um namorado na oitava série que a leva para jogar boliche. Quem é que joga boliche? Minha história para o concurso vai se desenrolar em um mundo diferente. Já posso descrever como são todos os monstros. Vai ser incrível, e todos os juízes vão se surpreender com minha capacidade de criar um

mundo novo e pintar imagens dentro da mente deles.

Em minha história não vou matar os pais também, porque isso é um saco para a criança que lê o livro e sabe como é quando sua mãe morre, e isso é um saco para todo o mundo que tem que estar em uma classe com um garoto cuja mãe morreu, e então eles olham para ele para responder a todas as perguntas que o professor faz sobre como o personagem se sente.

Cordialmente,
Arthur Bean

▶▶ ▶▶ ▶▶

De: Kennedy Laurel (imsocutekl@hotmail.com)
Para: Arthur Bean (arthuraaronbean@gmail.com)
Enviado: 25 de outubro, 21h10

Olá, Arthur! Não vi você na reunião do jornal hoje no almoço! Então, pensei que talvez eu tenha esquecido de dizer em que sala seria, rs! Para a próxima vez, é no laboratório do sr. Everett! Ele é MUITO *nerd*, mas é engraçado, rs! Enfim, eu inscrevi você para fazer um artigo sobre o Baile de Halloween! Mal posso esperar para ver sua fantasia! E você já pensou mais sobre sua história? Acho que, talvez, na minha, uma das enfermeiras vai ser uma ALIENÍGENA! Que virada louca, rs!

Kennedy ☺

▶▶ ▶▶ ▶▶

Tarefa: Acrósticos

Escreva um acróstico sobre uma pessoa de sua vida. Pode ser sobre seu cão, seu namorado/namorada, sua avó, ou até mesmo um poema sobre uma celebridade que você acha inspiradora. Um lembrete: um acróstico usa a primeira letra de uma palavra ou de um nome no início de cada linha. Pontos extras se seu poema rimar!

Data de entrega: 26 de outubro

Meu pai

By Arthur Bean

E toda noite ele se senta em uma cadeira
Reality shows na tevê, que bobeira
Não presta atenção de verdade
Entretém apenas sua curiosidade
Sorri vagamente um pouco
Tipo o sorriso vazio de um louco
Bebe uma água, sonha além
Ernest Bean vai ficar bem
Apenas peço que não emburreça
Nem que de minha mãe se esqueça.

Caro Arthur,

Seu acróstico é uma linda ode a seu pai, mas é muito triste. Talvez da próxima vez você possa se concentrar em suas melhores qualidades, ou em suas melhores lembranças com ele. Isso pode fazer que se sinta melhor. Ele o ensinou a andar de bicicleta? Jogou bola com você no quintal? É um bom avanço

do humor de seu trabalho anterior.
Saiba que você pode falar comigo em
particular, caso esteja tendo problemas
na escola ou em casa.

Sra. Whitehead

De: Kennedy Laurel (imsocutekl@hotmail.com)
Para: Arthur Bean (arthuraaronbean@gmail.com)
Enviado: 26 de outubro, 17h04

Olá, Arthur! Recebeu minha mensagem sobre o jornal e o artigo sobre o Baile de Halloween? Não tive mais notícias suas! O baile é na sexta-feira à noite, ESPERO que você possa fazer a matéria! Eu ainda não tenho fantasia! Meu namorado quer que a gente vá de Fred e Wilma DOS FLINTSTONES, rs! Eu disse que ele estava louco, já que tenho cabelo LOURO, não vermelho, rs!

Agora acho que vamos de pescador e sereia, rs! Enfim, o sr. Everett quer ver o primeiro esboço de sua matéria na reunião do jornal, SEGUNDA-FEIRA ao MEIO-DIA. Não se preocupe se não ficar perfeita (É CLARO que é sua matéria, por isso provavelmente vai ficar, rs), porque o sr. E. edita tudo, de qualquer forma. Ele diz que até Hemingway comete erros ortográficos, rs! Ok, vou sair do computador para fazer a tarefa de casa!

Kennedy ☺

De: Arthur Bean (arthuraaronbean@gmail.com)
Para: Kennedy Laurel (imsocutekl@hotmail.com)
Enviado: 26 de outubro, 17h20

Querida Kennedy,

Desculpe não ter ido à reunião. Eu não tinha mais certeza de querer participar, mas você me convenceu. Estou muito ocupado com minha escrita, porque estou trabalhando em um romance fora da escola. Serei o mais jovem vencedor do Governor General's Award, mas preciso escrever muito. Mas já que você parece tão animada, estarei no baile. Acho que vou fantasiado de repórter. Engraçado, não?
   Vejo você na sexta-feira. Tenho certeza de que vai ser divertido.

Cordialmente,
Arthur Bean

De: Kennedy Laurel (imsocutekl@hotmail.com)
Para: Arthur Bean (arthuraaronbean@gmail.com)
Enviado: 26 de outubro, 19h06

Yeeess!!! ADOREI a ideia da fantasia, rsrsrs!!! Mal posso esperar para ler seu ROMANCE PREMIADO, rsrsrs!!!

Kennedy ☺

▶▶ ▶▶ ▶▶

Baile de Halloween, um Grito

Arthur Bean

A Terry Fox Junior High viveu uivos de diversão na sexta-feira à noite, no Baile de Halloween.

O primeiro prêmio no concurso foi para o casal Amanda Lawrence e Jeffrey Wong, para suas inspiradoras fantasias de Romeu e Julieta. Em segundo lugar, por pouca diferença, ficaram Kennedy Laurel e Sandy Dickason, de pescador e sereia. A segunda colocação se deveu, provavelmente, ao fato de a fantasia de sereia de Kennedy ter claramente superado a camisa de flanela e as botas de borracha do namorado. Ele só fingiu estar fantasiado. Todo o mundo achou que o Quasimodo de Oliver Keith ganharia Melhor Fantasia Individual, mas ele perdeu para o Largadão de Peter Lee. Eu tenho um "palpite": foi "Quasi"! Talvez ano que vem seja a vez do corcunda.

A festa realmente começou quando o DJ vampiro saiu do caixão, a múmia começou a desenrolar a música e todo o mundo balançou o esqueleto.

O evento mais chocante da noite foi quando Robbie Zack, vestido de canibal, foi suspenso da escola. Por sorte ele já havia jantado e não houve retaliação contra o professor que o suspendeu. Ótimo, visto que gentileza gera gente ilesa.

E aí, Arthur,

Você gosta de um trocadilho, como eu! Que ótimo começo para seu primeiro artigo! Vou dar uma olhada e fazer algumas correções a tempo da publicação, na sexta-feira. Em seu próximo artigo, tente se concentrar mais na história, e não apenas nos trocadilhos. E não se esqueça de se ater à verdade, nada além da verdade. Eu aprecio o humor, mas não podemos confundir nossos leitores imprimindo uma foto de Robbie Zack vestido de Batman e referindo-nos a ele como um canibal. (Seria uma reviravolta no próximo gibi do Batman, não?) Mas muito engraçado! Saúde!

Sr. Everett

P.S.: Estou pensando em fazer uma tatuagem, só para sentir na pele como é! Ha!

NOVEMBRO

Tarefa: Poema Desafio
Na aula de sexta-feira, muitos de vocês comentaram sobre as qualidades líricas do poema desafio. Às vezes, podemos encontrar inspiração nas palavras de nossos colegas, por isso, eu lhe atribuí um parceiro e gostaria que você escrevesse quatro a seis estrofes de um poema desafio. Nesse poema, a primeira pessoa (Pessoa A) escreve a primeira estrofe. Em seguida, a pessoa B escreve uma estrofe que responde à da Pessoa A. A, então, responde a B, e assim por diante. Vocês vão se surpreender com as maravilhas que a colaboração pode criar!

Data de entrega: Fim da aula de hoje! (1º de novembro)

Poema desafio

Arthur Bean e Robbie Zack

(Robbie)
Poesia é para perdedores
Esportes são mais legais
Como hóquei e basquete
Até beisebol é melhor que poemas

(Arthur)
Sua falta de inteligência me surpreende
E seu pavio curto também
Esporte é para idiotas e imbecis, compreende?
Em suma, para pessoas como você, neném

(Robbie)
Não é para estúpidos, *nerdbol*
É para pessoas que sabem segurar um bastão
e correr rápido
Deixando os perdedores comendo poeira
E é onde você vai estar

(Arthur)
Eu sei que você se acha legal
Porque é maior e põe crianças para correr
Mas eu vou ser famoso, e você um neandertal
No futuro, espere para ver

(Robbie)
E daí?
Você não vale meu tempo
Eu só quero *iscrevê* sobre esportes

(Arthur)
Você nem sabe direito escrever
Parece que nem fez o fundamental
Mas acho que não saber gramática não vai lhe fazer
Já que seu destino é lavar quintal

▶▶ ▶▶ ▶▶

3 de novembro

Caro Ernest,
 Seu filho Arthur faz minhas aulas de arte da linguagem e escrita criativa. Ele é brilhante, entusiasmado e participa frequentemente das discussões em classe. No entanto, tenho algumas preocupações sobre seu comportamento, especialmente a respeito de suas interações com um dos seus colegas de classe, Robert Zack. Estou preocupado com sua agressividade para com Robert e o desdém que ele demonstra pelo trabalho do garoto. Robert é um estudante que se esforça em artes da linguagem, e acredito que seria de grande ajuda para ambos se Arthur e Robert trabalhassem juntos.
 Proponho que Arthur seja tutor de Robert nos próximos meses. Eu sinto que Robert poderia se beneficiar do conhecimento e paixão de Arthur pelo inglês. E isso pode ajudar Arthur a se tornar mais compreensivo com as fraquezas e desafios dos outros. Entendo que Arthur e Robert tiveram alguns confrontos no passado, e espero que trabalhar juntos os ajude a interagir de uma forma mais positiva.
A tutoria entre colegas da Terry Fox Junior High acontece uma hora por semana, logo após a escola, em uma tarde que seja mutuamente conveniente para o tutor e o pupilo. Com seu consentimento, vou estabelecer um horário para discutir com Robert e Arthur o processo de tutoria.
 Caso tenha alguma dúvida, por favor, não hesite em me contatar.

Cordialmente,
Alexa Whitehead

Cara sra. Whitehead,

Gostaria de salientar que meu pai é muito severo com as pessoas que o tratam por Ernest. Ele não vai gostar de a sra. ter sido tão pessoal, usando seu primeiro nome em vez de sr. Bean. Além disso, estou muito ocupado depois da escola. Tenho atividades todas as noites e ando escrevendo para o concurso escolar e o jornal.
Não acho que daria certo com minha agenda extracurricular tão cheia. Acho que a sra. deveria reconsiderar totalmente mandar esta carta a meu pai. Ele é um homem muito ocupado, e também está muito triste pela perda da esposa, por isso, se ele achar que o filho dele é mau, isso pode partir seu coração e me deixar órfão. Não acha que eu já sofri o bastante?

Cordialmente,
Arthur Bean

Arthur,

Por favor, mantenha esta carta revisada neste envelope <u>lacrado</u> e entregue a seu pai.

Obrigada,
Sra. Whitehead

▶▶ ▶▶ ▶▶

4 de novembro

Querido DL,
    Eu sei que tenho que usar você para reflexões sobre leitura, por isso estou refletindo sobre uma carta que a sra. Whitehead escreveu a meu pai. Um saco. É a carta mais estúpida que eu já vi, e a ideia mais estúpida do mundo. Por um lado, acho que Robbie só vai usar o tempo da tutoria para cuspir em meu trabalho. Ele fazia isso no quinto ano, quando sentávamos um em frente ao outro. Daí eu tinha que entregar problemas de matemática molhados, e as meninas frescas me chamavam de Cara de Baba. E não é só isso, Robbie é claramente estúpido. Minha mãe dizia que chamar as pessoas de estúpidas é a pior coisa que você pode fazer, mas eu acho isso estúpido. Desculpe, mãe.
    Algumas pessoas são estúpidas. Pessoas como Robbie Zack, e como a sra. Whitehead, por vir com uma punição de merda para cima de mim, porque ela sabe que provavelmente sou mais inteligente que ela, e que vou ser famoso e nunca lhe dedicarei um livro. Não vou incluí-la nos agradecimentos. Essa tutoria vai atrapalhar meu tempo para escrever também. Minha história para o concurso vai ter que ser mais curta agora.
    Enfim, DL, eu só queria lhe dizer isso, porque ninguém mais vai ouvir. Se um dia você quiser me dizer algo, DL, eu vou ouvir. Hahaha.

Cordialmente,
Arthur Bean

4 de novembro

Caro sr. Everett,

Eu estive pensando muito sobre meu lugar no jornal, e gostaria de escrever uma coluna, uma vez por mês. Em meu artigo vou comentar os acontecimentos na escola e no mundo como os vejo. Prometo que vai ser engraçada, especialmente porque estou treinando para ser um autor famoso um dia.

Cordialmente,
Arthur Bean

E aí, Arthur,

Sua sugestão para uma coluna é interessante! Quanto entusiasmo e iniciativa em relação ao jornal! Nós normalmente reservamos artigos de opinião para os editores, que têm nas costas dois anos de jornalismo contundente nos sétimo e oitavos anos. Por que você não cobre o Evento de Remembrance Day, em vez disso? Podemos ver como se sai, juntamente com outras matérias nos próximos dois meses, e talvez tentemos uma amostra de uma coluna depois de mais algumas edições.

Saúde!
Sr. E.

▶▶ ▶▶ ▶▶

5 de novembro

Prezada Alexa,

Por favor, considere esta carta como consentimento a que Arthur participe do programa de tutoria. Fico feliz por ele poder ajudar.

Ernie B.

▶▶ ▶▶ ▶▶

7 de novembro

Querido DL,

Tenho que começar a tutoria com Robbie nesta terça-feira. Tentei falar com meu pai, mas ele disse que eu tenho que fazer se minha professora acha que é bom. Ele me disse para "tomar isso como um elogio". Não sei como perder tempo com um idiota pode ser um elogio. Eu estava conversando com Luke sobre isso hoje, e ele disse que eu devia dizer que estou doente e sair mais cedo, e quando a sra. Whitehead me perguntasse, eu poderia dizer que olhar para a cara de Robbie me faz querer vomitar. Achei muito engraçado, não é, DL? Pena que Luke não está por perto com mais frequência. Nós o vimos no Dia de Ação de Graças, mas agora tenho que esperar até o Natal. Conversar com ele pelo telefone é um saco também. A mãe dele sempre pega o telefone dele e fica arrulhando para mim, dizendo que me ama. É ridículo.

    Ah, sim. Sobre a leitura de livros, Luke me disse para ler *Feed: Conexão total*, de M. T.

Anderson. Ele disse que até agora é louco, esquisito e engraçado. Vou ver amanhã se tem na biblioteca.
Enfim, deseje-me boa sorte esta semana, DL. Vou precisar!

Cordialmente,
Arthur Bean

▶▶ ▶▶ ▶▶

Programa de tutoria entre colegas —
Relatório de atividades
Data: 9 de novembro
Assunto: Sinônimos

Acho que isso é impossível. Esse cara é uma lástima.
— Arthur

Com *certesa* (concordo)
— Robbie

▶▶ ▶▶ ▶▶

Tarefa: Poemas de Remembrance Day[1]

Escreva um poema para o Remembrance Day. Busque inspiração em alguns dos poemas que lemos e estudados em sala de aula. Talvez seu poema seja sensível, ou talvez seja antiguerra. Talvez você pense em escrever a história poética de um soldado da Segunda Guerra Mundial. Vamos ler os trabalhos em sala de aula e escolher um para ser lido na escola no Evento de Remembrance Day.

Data de entrega: 10 de novembro

Guerra

Arthur Bean

Nos campos dos pátios da escola
Insultos são ditos
Entre os valentões
Ano a ano
Bombas não jogam
Mas balões com água sim
Acham que é engraçado
São só babuínos, enfim
Nós somos os *nerds*
Há poucos dias, nós tricotamos,
Sentimos orgulho, escrevemos canções
E poemas; mas depois nos sentimos equivocados
E agora nós nos escondemos
Em salas de aula, lado a lado
Longe dos campos dos pátios da escola
Nós somos o mais baixo dos baixos
Para as crianças mais legais atiramos
As respostas da prova da próxima semana
e talvez elas não nos batam,
Pelo menos até que percamos o ônibus
e tenhamos que esperar
Nos campos dos pátios da escola

---

[1] Remembrance Day, 11 de novembro, é o dia em que se celebra o fim oficial da Primeira Guerra Mundial e se homenageia os militares que perderam a vida nessa contenda. (N. da T.)

Caro Arthur,

Seu reinventado poema de "In Flanders Fields" é muito interessante. Aprecio sua variação criativa sobre o tema, sugerindo que a guerra poderia ser considerada bullying em uma escala muito maior. É um conceito intrigante. No entanto, você entende que sua interpretação liberal do tema seria inapropriada para a celebração escolar de uma ocasião tão solene como o Remembrance Day, não é? Muitas pessoas têm um xodó por esse poema em particular até hoje.

Sra. Whitehead

⏵⏵ ⏵⏵ ⏵⏵

Envelheceremos durante o evento

Arthur Bean

A Terry Fox Junior High comemorou mais um Remembrance Day com um evento em 10 de novembro. Como esperado, houve o costumeiro hino nacional, uma má interpretação do coro de uma canção triste e alguns oradores. Três poemas foram lidos, cada um por um aluno de diferente ano. Representando os nonos anos, Mikayla Connors leu um poema rimado fingindo ser um soldado morto na Primeira Guerra Mundial. Brianna Lau, do oitavo ano, leu seu poema sobre ser um soldado morto na Segunda Guerra Mundial, e para encerrar o trio, Paige Petrovych, do sétimo ano, leu — sim, isso mesmo — seu poema sobre ser um soldado que vê seu melhor amigo morrer na Primeira Guerra Mundial. Certamente havia poemas melhores na classe do sétimo ano que esse verso livre exagerado. Se você dormiu durante essa parte da apresentação, pode ler os três poemas na página 5 desta edição da *Marathon*, da Terry Fox Junior High.

Os poemas foram seguidos pelos obrigatórios dois minutos de silêncio, um dos quais foi pontuado pelo toque do celular de um professor. Leia mais sobre a política escolar para celulares na página 1.

A melhor parte do evento foi a palestra de um soldado que recentemente serviu no Afeganistão. O tenente Ducharme foi engraçado, mas também sério, e contou algumas grandes histórias, e tristes, sobre a vida de um soldado em uma zona de guerra. Ele deveria participar de todos os eventos.

E aí, Arthur,
  Ótimo trabalho de escrita! Você cobriu alguns dos principais pontos do evento, e gostei do jeito como leva seus leitores a outras partes do jornal. Para sua próxima matéria, tente ser mais objetivo enquanto estiver fazendo uma reportagem. É impressionante, você cobriu tudo; então, agora, tente analisar sua matéria como um cientista! Pense objetivamente, e evite acrescentar seus comentários pessoais. Eu fiz algumas mudanças em seu artigo para lhe mostrar o que quero dizer — confira!
  Gostaria de tentar cobrir um evento esportivo escolar? As finais de vôlei masculino são na próxima semana. Deve ser um jogo sensacional!

Saúde!
Sr. E.

Caro sr. Everett,

Sem ofensas, mas esportes não me interessam. O que gosto mesmo é de escrever meus próprios artigos de opinião, já que o sr. disse que minha voz é tão forte. Que tal eu escrever um artigo para a edição de dezembro do jornal? O sr. pode revisá-lo em primeira mão. Terei um artigo para o sr. até o final da semana!

Cordialmente,
Arthur Bean

E aí, Arthur,

Acho que eu gostaria de ver mais matérias suas antes de pensarmos em outro formato. Afinal de contas, eu ainda estou aprendendo sobre o melhor formato para o jornal da escola também! Um desafio para um professor do primeiro ano! Você poderia fazer a crítica do curta-metragem que o clube AV fez neste outono? Vão passá-lo na hora do almoço durante a primeira semana de dezembro na sala de teatro, mas eles estão dispostos a fazer uma pré-estreia para o jornal. Aposto que ficou animado!

Saúde!
Sr. E.

▶▶ ▶▶ ▶▶

15 de novembro

Querido DL,

    Eu sabia que o primeiro mês de volta à escola seria difícil e tal, mas não achei que fosse ficar desse jeito! Primeiro, Luke estava certo, é muita tarefa para casa. Estou sempre fazendo lição de casa, sendo que o que eu realmente quero é escrever meu conto para o concurso. Ouvi falar de um livro que ensina a escrever um romance em três dias, vou procurá-lo. Espero que ele tenha um monte de ideias para escolher. Dá para imaginar? Se esse livro ensina como escrever um livro em três dias, então deve levar tipo uma hora para escrever um conto! Vai ser moleza. Luke estava certo; esse livro é superestranho e louco, mas parece que é algo que pode acontecer no futuro.
    Eu ainda não consigo acreditar que a sra. Whitehead está me fazendo trabalhar com Robbie toda semana. É terrível! Ele nunca faz nada, e não me escuta quando tento fazer o que nos mandam fazer. Ele fica sentado lá rabiscando na folha. Nem são rabiscos. Ele faz uns desenhos malucos nas margens. São superelaborados, e meio medonhos. Talvez se ele escrevesse em vez de desenhar, não teríamos que nos reunir toda semana. Talvez eu diga isso a ele...
    Ah, Pickles voltou ontem. Acho que é bom, apesar de eu já ter marcas dos arranhões dela nos braços. Até que eu senti falta dela, mas agora que ela voltou, lembro como Pickles é irritante quando quer atenção. Enfim, fique

atento, DL. Ela é meio cruel com papéis que encontra por aí!

Cordialmente,
Arthur Bean

▶▶ ▶▶ ▶▶

**Programa de tutoria entre colegas —
Relatório de atividades
Data: 16 de novembro
Assunto: homônimos**

Sra. W, não sei qual é o problema com Arthur, mas ele é o pior tutor de todos os tempos. Deve haver outra pessoa.
— Robbie

Sra. Whitehead,

É minha convicção que, se Robbie realmente prestasse atenção no que eu digo, ele poderia ter aprendido o que é homônimo, em vez de ficar usando a palavra por uma hora como insulto a minha natureza "efeminada".

— Arthur

Tarefa: Reflexões shakespeareanas

Estamos começando a unidade com *Sonho de uma noite de verão* esta semana. É uma ótima peça, cheia de romance e aventura, e muito engraçada também! Para se preparar, gostaria que vocês escrevessem dois parágrafos curtos imaginando-se como ator ou membro da audiência na época de Shakespeare. Qual é a sensação de estar no palco? Qual é o cheiro? O que vocês estão vestindo? Têm que se esgueirar para ver a peça, ou são ricos o suficiente para comprar um assento? Utilizem pelo menos sete adjetivos e cinco advérbios para descrever a cena que criarem.

Data de entrega: 18 de novembro

▶▶ ▶▶ ▶▶

Minha vida como Shakespeare

Arthur Bean

O Globe Theatre vai apresentar minha peça de novo hoje à noite. É maravilhosamente emocionante o fato de terem criado todo esse teatro só para mim. Eu ajeito minha peruca engraçada e aliso meu bigode gorduroso. Fede aqui, como todas as noites. É muito chato que o público nunca tome banho. O fedor a cebola e alho forma repugnantemente remoinhos ao meu redor. Também cheira fortemente a pés rançosos. Isso me faz lembrar os pés de meu pai quando tira as botas, depois de passar o dia trabalhando na fazenda, mas cem mil vezes pior. Eu me censuro baixinho, para que os atores não me ouçam. Não quero que pensem que não gosto da atuação deles.

Acontece, porém, que não gosto da atuação deles. O sujeito que interpreta o rei tudo bem, mas o príncipe é muito arrogante, recita sua fala muito rapidamente e em voz alta. Não há nenhuma emoção em sua voz. Mas o público não se importa. Eles batem palmas alto e gritam adjetivos como "Maravilhoso!" "Fantástico!" "Grandiosamente delicioso!" "Hilariamente ótimo!" e "Trabalho estupendo, sr. Shakespeare!". Felizmente, eles podem ver que sou a pessoa verdadeiramente brilhante neste teatro esta noite.

Arthur, boa descrição de como Shakespeare se sentiria acerca de seu trabalho. No entanto, eu esperava que você focasse mais a atmosfera da peça, em vez de os pareceres do dramaturgo. Além disso, não aprecio sua zombaria sutil às instruções da tarefa. Foi desagradável e desnecessário. Este é um ambiente de aprendizagem, e aprender as regras da gramática fará de você um escritor melhor. Sugiro que leve essas coisas mais a sério em futuras tarefas.

Sra. Whitehead

▶▶ ▶▶ ▶▶

De: Kennedy Laurel (imsocutekl@hotmail.com)
Para: Arthur Bean (arthuraaronbean@gmail.com)
Enviado: 20 de novembro, 10h00

Olá, Arthur!
  Como está indo sua história?? ADOREI podermos escrever o que quisermos! Eu disse a minha mãe que tenho que assistir a um monte de filmes para PESQUISAR para minha história, rs!
  Andei pensando... talvez pudéssemos trocar o início das histórias em breve! Já fiz parte da minha (tipo, a primeira parte!), mas queria ouvir sua opinião antes de ir longe demais, rs! Estou tendo problemas com meu personagem principal! Agora é um homem, mas ACHO que seria mais legal se fosse uma mulher! PODER FEMININO, rs!!! Eu também mudei de ideia, de vampiro para ALIENS. Vampiro é coisa do passado, rs!
  Enfim, você tem uma ideia nova? Avise-me se quiser trocar logo as partes! Acho que é assim que parceiros trabalham, não é, rs?!

Kennedy ☺

De: Arthur Bean (arthuraaronbean@gmail.com)
Para: Kennedy Laurel (imsocutekl@hotmail.com)
Enviado: 20 de novembro, 10h20

Querida Kennedy,

Acho ótima ideia trocar as histórias! Claro, a minha ainda está muito bruta, de modo que não sei quando terei algo para compartilhar com você. Andei focando minha energia em meu romance. Mas gostaria de ler sua história e fazer meus comentários. Como não a li, sei que não posso falar, mas acho que ter uma menina como personagem principal é uma ótima ideia. Minha mãe lê muita ficção científica e sempre reclama que as mulheres nos livros eram apenas objetos sexuais. Por isso, eu digo, vá em frente!

Cordialmente,
Arthur Bean

De: Kennedy Laurel (imsocutekl@hotmail.com)
Para: Arthur Bean (arthuraaronbean@gmail.com)
Enviado: 20 de novembro, 18h19

Maravilha, Arthur!!! Vou mudar e lhe mandar alguma coisa na próxima semana, e você pode me mandar também, se quiser!
   Talvez sua mãe possa ler minha história também, já que ela é especialista em sci-fi, rs!!!

K ☺

De: Arthur Bean (arthuraaronbean@gmail.com)
Para: Kennedy Laurel (imsocutekl@hotmail.com)
Enviado: 20 de novembro, 18h23

Olá, Kennedy,

Minha mãe não pode ler sua história. Ela morreu. Lamento, acho que você vai ter que se contentar só comigo.

Cordialmente,
Arthur Bean

De: Kennedy Laurel (imsocutekl@hotmail.com)
Para: Arthur Bean (arthuraaronbean@gmail.com)
Enviado: 21 de novembro, 9h04

Arthur! Mil desculpas! Fiquei péssima quando li seu e-mail ontem à noite!!! Que amiga terrível, falando de sua mãe desse jeito! Chorei MUITO quando li isso. Eu não fazia ideia! Desculpe se o deixei triste por tocar no assunto! É tão triste! Fiquei surpresa por você não falar disso na escola!
   Então eu lembrei que você começou a escola mais tarde e aí PERCEBI que devia ser por isso! Eu sou uma IDIOTA!
   Se quiser conversar, ou se precisar só de um abraço, estou aqui!!

Sinto muito!
Kennedy ☹

De: Arthur Bean (arthuraaronbean@gmail.com)
Para: Kennedy Laurel (imsocutekl@hotmail.com)
Enviado: 21 de novembro, 10h35

Querida Kennedy,

Desculpe por ter feito você se sentir mal, não foi minha intenção! Às vezes eu não sei como dizer coisas tristes.
   Ela morreu no final do último ano letivo. Foi muito triste. Ela era fonoaudióloga em minha escola. Ia uma vez por semana e trabalhava com diversas crianças que falavam engraçado. Um dia ela não apareceu, porque teve um aneurisma cerebral em casa e morreu. Fiquei muito bravo com ela porque tive que pegar o ônibus para casa naquele dia; eu sempre

ansiava não ter que pegar o ônibus às quintas-feiras. Lembro que eu estava pronto para gritar com ela por causa disso, especialmente porque foi depois de eu ir muito mal na prova de matemática. Havia duas crianças em minha classe que a odiavam porque ela mandava lição de casa extra para que treinassem falar como todo o mundo.

    Elas a chamavam de Fonochatóloga. Acho que ela era bem chata às vezes, mas eu não gostava que todo o mundo soubesse disso. Depois que ela morreu, ninguém mais precisava ir à sala de fonoaudiologia. Acho que a maioria das crianças que iam ficou muito feliz. Mas eu não fiquei feliz.

    Eu às vezes ainda fico bravo com ela por coisas que fazia, mas daí fico maluco por ser louco. Ela era muito boa também. Meu pai a chamava de Queen Bean, e ela achava muito engraçado e fazia feijão para o jantar todos os domingos, sempre. Desde que ela morreu, meu pai e eu nunca mais comemos feijão.

    Isso não é estranho? Acho que não muito. Nós também não temos mais jantares chiques aos domingos.

    Enfim, é uma merda, e eu tento não pensar nem falar sobre isso, porque ainda é uma merda. Mas eu ainda penso nela todos os dias. Minha vizinha, Nicole, ensinou-me a tricotar, porque ela disse que mãos ocupadas aquietam a mente. Não acho que seja verdade, mas talvez funcione. No mínimo, consigo fazer uns chapéus bem legais!

    Enfim, vou ser um escritor famoso e dedicar meu primeiro livro a minha mãe. Acho que ela ia gostar. Bom, meu romance está praticamente pronto.

    Não sei por que estou lhe escrevendo tudo isso! Desculpe, só pensei que talvez você se sentisse melhor

se soubesse um pouco da história também. Ou talvez seja pior, não sei. Minha mãe nunca morreu antes. Na verdade, não conheço ninguém que tenha morrido. Acho que isso é bom. Enfim, não sei o que dizer.
Mal posso esperar para ler sua história semana que vem. Vou me esforçar para ter algo realmente bom também. E vou lhe dar aquele abraço!

Cordialmente,
Arthur Bean

De: Kennedy Laurel (imsocutekl@hotmail.com)
Para: Arthur Bean (arthuraaronbean@gmail.com)
Enviado: 21 de novembro, 14h05

Olá, Arthur!

Estou feliz por você ter me contado! Eu não fazia ideia! É muito triste. Desejo, para o seu bem, que tenha chegado a lhe dizer adeus! Eu até que entendo como você se sente. Meu avô morreu ano passado, mas ele tinha câncer. Foi muito difícil! Eu odiava ter que visitá-lo no hospital quando ele ficou muito doente, mas depois eu ME ODIAVA por odiar visitar meu avô! Era HORRÍVEL!
   Acho impressionante como você está lidando bem com isso!
   Você DEFINITIVAMENTE ainda tem senso de humor, o que é, tipo, MARAVILHOSO! Eu provavelmente ia querer sair da escola se alguém da minha família morresse! Seu e-mail também me deixou triste porque às vezes eu desejo que algo de ruim aconteça com minha mãe quando ela grita comigo para eu fazer minha tarefa de casa ou limpar meu quarto! Não quero que isso aconteça, mas ÀS VEZES ela é tão IRRITANTE!

Não acredito que estou admitindo isso! Eu sou uma pessoa TERRÍVEL!

    Enfim, eu só queria dizer que acho que você é incrível e que pode me mandar e-mails sempre que estiver triste, se quiser! E acho que você deve dedicar seu primeiro livro a ela — seria ótimo!

Kennedy ☺

⏭ ⏭ ⏭

Programa de tutoria entre colegas — Relatório de atividades
Data: 23 de novembro
Assunto: Época de Shakespeare

    Sra. W, apezar de que o cabelo dele estava ridículo hoje, Artie foi útil para corrigir os erros do meu *trabalio de Shakspear*.
— Robbie

Robert passou muito tempo hoje conversando com seus amigos em outras mesas e insultando meu novo corte de cabelo com palavras rudes que rimam com Artie.
— Arthur

⏭ ⏭ ⏭

24 de novembro

Querido DL,

Estive lendo um monte de coisas terríveis recentemente, de modo que pensei em falar sobre elas. A primeira foi a tarefa de Robbie sobre "A vida na época de Shakespeare". Ele escreve muito, *muito* mal, mas suas ideias são bem interessantes. Ele escreveu sobre esse negócio do pobre que não podia entrar para ver o espetáculo, mas que o ouvia enquanto implorava na rua. Era meio triste, porque o personagem dele não podia ter o que queria, que era, na verdade, só assistir a uma peça de teatro. Mas daí, ele cometeu uns erros estúpidos, como dizer que o mendigo ia à ONG que distribuía alimentos. Todo mundo sabe que não havia ONGs na Idade Média. Como eu disse, estúpido. Mas eu gostei da ideia dele. Ele parece ter essas histórias prontas o tempo todo. Acho que é o que faz dele um bom mentiroso. Talvez por isso eu não consiga escrever história nenhuma atualmente.

 Bom, essa foi a primeira coisa terrível que eu tive que ler. A segunda coisa foi no jornal na escola. O namorado de Kennedy escreveu, tipo propaganda, que ele a achava fofinha e legal. Essas foram as palavras que ele usou!

 Fofinha e legal! Essas palavras usamos para descrever Pickles. E Pickles é uma gata de nove anos de idade. É tão ridículo! Depois, na aula de educação física, ela estava toda risonha por isso, e eu vi o jornal recortado e pendurado em seu armário outro dia. Mas estava debaixo do pôster do filme *Distrito 9*; pelo menos não estava cercado por corações ou coisa do tipo.

Então, li o e-mail de Kennedy dizendo que minha mãe poderia ler sua história. Isso me deixou muito triste, e depois fiquei mal por fazê-la se sentir triste também. Não sei o que dizer. Não existe um jeito mágico de contar isso às pessoas. O assunto não havia surgido. Eu não vou ficar correndo na pista de atletismo, passando por Kennedy e casualmente dizendo: "Ah, olá, Kennedy! Eu já disse que minha mãe morreu? Quantas voltas você já deu? Nove? Ah, legal, eu estou na quarta. Bom, a gente se vê na chegada." Hahaha.

    Essa piadinha foi para você, DL. Eu sei que você gosta de uma ironia. Nicole disse que piadas sobre a morte deixam as pessoas constrangidas, mas eu não sei mais o que dizer. Você me conhece, DL, eu sou um palhaço! Estou feliz por Kennedy não ter ficado estranha por causa do meu e-mail. Ela é incrível. Adorei ela ter admitido que não é perfeita. Isso a faz ainda mais perfeita.

    E a última coisa terrível que eu li foi o primeiro ato de *Sonho de uma noite de verão*.

    A sra. Whitehead fica falando "Essa é a maior", e ela ri com falsidade daquilo que Shakespeare chamava de piada. Mas eu não entendo. É tudo "tu" e "ti", e eu sei que as pessoas acham o máximo, mas acho que elas só querem se sentir inteligentes. Nem acredito que vamos ter que estudar isso até as férias de Natal. Como vou encontrar inspiração para minha própria história premiada com essas porcarias de peças de baixa qualidade?

Cordialmente,
Arthur Bean

De: Kennedy Laurel (imsocutekl@hotmail.com)
Para: Arthur Bean (arthuraaronbean@gmail.com)
Enviado: 28 de novembro, 21h21

Olá, Arthur!!!

Ok, aqui vai o começo de minha história para o concurso! Mudei a personagem principal para uma garota, como você sugeriu, e ela é INCRÍVEL! Diga-me sua opinião — seja honesto! Eu quero ganhar, rs!!! Mal posso esperar para ler o início da sua também! Mande quando quiser que eu leio rapidinho, rs!
Muito bem! Seja honesto (mas espero que goste!).

Kennedy ☺

História sem título! rs

Os cérebros do alien eram lavanda e cinza, e se espalharam pela blusa de ombro de fora marrom e rosa de Sophie, perfeitamente combinando com sua calça skinny. Ela sacudiu seu rabo de cavalo alto por cima do ombro, mostrando seus pequenos brincos de rosa cor-de-rosa.

— Muito bem? O que vamos fazer com isso agora? — perguntou ela calmamente, jogando sua bazuca sobre o ombro esquerdo.

Ela limpou o sangue das mãos nos bolsos de trás da calça e olhou para seu parceiro.

— Eu diria que devemos enterrá-lo. Fundo. Bem fundo — respondeu Tom com sua voz grave e sombria.

Ele olhou para seu próprio macacão azul marinho, com uma camisa de flanela vermelha e verde por cima.

— Bom, acho melhor começarmos a cavar — suspirou Sophie, pegando a pá...

Sophie acordou com um sobressalto. Havia tido aquele sonho de novo. Tentou se sentar, mas descobriu que seus braços ainda estavam presos nas grades da cama. Puxou com força, mas as cordas só machucaram seus punhos de novo, fazendo-a se contorcer de dor. Ela gritou, "Enfermeira!", mas ninguém apareceu. Ninguém aparecia durante o dia. Só quando gritamos e xingamos no meio da noite é que os enfermeiros vêm, com suas longas agulhas cintilando sob as luzes fluorescentes do corredor, como dentes de ouro.

— Você precisa falar baixo. Eles vão ouvi-la — sussurrou a voz áspera da velha na cama ao lado de Sophie. — Eles virão, e morderão seu nariz e suas unhas, e não vão parar.

A velha riu loucamente.

— Claro, eu não me importaria se eles comessem meus dedos. Venho tentando mastigá-los há anos!

A camisola de hospital violeta da mulher estava aberta e seu cabelo branco esparramado. Ou talvez ela a houvesse arrancado...

Sophie estremeceu. Ela estava havia quinze dias no hospital e os sonhos estavam piorando. Sonhos? Não. Ela sabia que eram mais que isso. Os aliens eram reais. Ela os havia visto. Ela estrangulara um até que seus globos oculares explodiram de sua cabeça em uma gigantesca mistura de tendões carmim, brancos e azuis claros, por todo seu vestido verde-azulado favorito; aquele com debrum preto e botões enormes na gola. Ela não podia ter inventado isso. E ela tinha a nota da lavanderia para provar.

De: Arthur Bean (arthuraaronbean@gmail.com)
Para: Kennedy Laurel (imsocutekl@hotmail.com)
Enviado: 29 de novembro, 8h07

Uau, Kennedy! Incrível! Achei ótimo o começo de sua história. É realmente assustadora. Mal posso esperar para ver o vai acontecer. Só uma coisa. Não entendi por que você descreve todas as roupas dos personagens. E será que existe lavanderia de zumbi? É estranho. Parece fora de lugar. Acho que você não precisa dessas partes

Cordialmente,
Arthur Bean

29 de novembro

Querido DL,

Eu li o começo da história de Kennedy, e é ótimo. E eu nem sei por onde começar. A minha precisa ser melhor que a dela. Eu tenho muito tempo, mas nem acredito que ela já começou! A minha vai ser engraçada, triste, assustadora e provocante. Claro, *Sockland* era legal quando eu estava no sexto ano, mas agora estou no sétimo. Tenho que fazer algo maravilhoso, preciso me apressar.

    Para me inspirar, peguei emprestado um exemplar de *O iluminado*, de Stephen King, da biblioteca de Nicole ontem. Achei que tudo bem, porque eu moro aqui ao lado e pretendo devolvê-lo quando terminar, mas não disse a ela que o peguei. Nicole é bem tranquila com essas coisas. Sempre que um amigo pede, ela diz "Pode levar. Devolva quando puder!" E já que a moça da biblioteca pública não vai me deixar tirar livros para adultos depois que minha mãe ficou com raiva dela por me permitir pegar o filme *O exorcista*, e daí eu não dormi por dois meses, tive que pegar emprestado na moita. Eu quero lê-lo porque Stephen King é famoso de verdade e já escreveu mais de uma centena de livros, por isso deve ser incrível.

    Mas não acho que *O iluminado* seja tão assustador assim. Tem criança na história, e a família vive em um hotel, mas é como um hotel mal-assombrado. Eu gostaria de viver em um hotel, em vez de num apartamento. Parece bem legal. Parece um enredo de filme da Disney!

Cordialmente,
Arthur Bean

DEZEMBRO

1º de dezembro

A quem possa interessar,
 Por favor, desculpe a ausência de Arthur Bean da escola nos últimos dois dias. Ele tem tido problemas para dormir e enxaqueca todas as manhãs. Caso haja alguma dúvida, por favor, ligue-me.

Muito obrigado,
Ernie B.

1º de dezembro

Querido DL,

O iluminado é o livro mais assustador já escrito, mas eu não conseguia parar de ler! Não sei dizer se Stephen King é um gênio ou um psicopata. Havia fantasmas loucos, machados e assassinatos e tal. Havia até um labirinto pelo qual o personagem principal persegue a esposa e o filho no escuro e na neve. Eu jamais vou entrar em um labirinto! Foi muito intenso, e fiquei sonhando com ele. Quem inventa uma coisa dessas?

Cordialmente,
Arthur Bean

▶▶ ▶▶ ▶▶

**Programa de tutoria entre colegas —
Relatório de atividades
Data: 2 de dezembro
Assunto: Coisas de Shakespeare**

Sra. W, se nem Artie gosta de *Sheiskespear*, por que todos nós temos que sofrer? Hoje falamos que a diretoria da escola devia mudar o *curricculumm*. Que devíamos *açistir* mais filmes em sala de aula. Artie chamou isso de *"literatura vizual"*. Isso é muito importante para nós como líderes do *amanhan*, e achamos que vocês deviam mudar o *curricculumm* do próximo ano.
— Robbie

Sra. Whitehead, é possível que Robbie e eu tenhamos um ódio compartilhado por tramas escritas de forma elaborada e por palavras bonitas utilizadas sem razão. Acho que isso deve significar alguma coisa.
— Arthur

De: Kennedy Laurel (imsocutekl@hotmail.com)
Para: Arthur Bean (arthuraaronbean@gmail.com)
Enviado: 2 de dezembro, 17h32

Olá, Arthur!

Obrigada por suas sugestões! EU SEI que não há lavanderia ali, bobo! Foi uma PIADA, mas acho que não muito boa, rs! Mal posso esperar para ler o início da sua! Não quer me mandar?! Eu tenho BASTANTE tempo esta semana, já que nosso professor de matemática está gripado! Chega de gráficos circulares, rs!

Kennedy ☺

De: Arthur Bean (arthuraaronbean@gmail.com)
Para: Kennedy Laurel (imsocutekl@hotmail.com)
Enviado: 2 de dezembro, 19h56

Querida Kennedy,

Não tenho nada para lhe mandar ainda. Meu melhor método de trabalho é visualizar totalmente minha obra, por isso gosto de escrever no papel primeiro. Acho o som do lápis no papel muito estimulante em termos criativos. Mas posso lhe dizer sobre o que é minha história. É sobre um homem e sua família que vivem em um hotel. Ele é escritor, mas os fantasmas do hotel também o assombram. Então, ele enlouquece e tenta matar a família com um machado. Seu filho também é sensitivo e consegue falar com outros sensitivos, mas ele também brinca com os fantasmas e fica meio maluco. E a esposa do homem, que não sabe o que fazer, chora o tempo todo. Ela vai correr por um labirinto durante uma nevasca, e pode morrer. Vai ser bem assustador.

Cordialmente,
Arthur Bean

De: Kennedy Laurel (imsocutekl@hotmail.com)
Para: Arthur Bean (arthuraaronbean@gmail.com)
Enviado: 2 de dezembro, 20h18

Uau, Arthur!! Parece... hum... complexo. Mas ótimo!!! Assustador, porém, já que o homem persegue a família com um machado! Parece um daqueles livros de terror que meu pai lê, de Stephen King, ou V. C. Andrews (EU AMO os livros dela!!) e tal! Espero que todos consigam sair bem do hotel!
Você está escrevendo algo para a última edição do *Marathon* este ano? Estou fazendo uma entrevista com Sandy sobre a vitória no campeonato de vôlei masculino! Eu disse a ele que não ia pegar leve só porque sou sua NAMORADA! Serei como Lois Lane entrevistando Superman, rs! Não ACREDITO que o Natal está tão perto, rs!! Alguma sugestão sobre o que vocês, garotos, gostam? Tenho que comprar alguma coisa para meu namorado, rs!

De: Arthur Bean (arthuraaronbean@gmail.com)
Para: Kennedy Laurel (imsocutekl@hotmail.com)
Enviado: 2 de dezembro, 21h09

Querida Kennedy,

Acho que a trama é meio complicada para um conto. Talvez eu pense em fazer outra coisa. De volta à prancheta...

Cordialmente,
Arthur Bean

▶▶ ▶▶ ▶▶

Um dia na vida: um filme digno de Oscar

Arthur Bean

O AV Clube da Terry Fox Junior High está exibindo seu primeiro longa-metragem esta semana na sala do Teatro. *Um dia na vida* é um conto pungente e emocionante de um dia comum na Terry Fox Junior High. Filmado como se visto pelos olhos de um narrador anônimo, *Um dia na vida* acompanha um aluno "normal" durante um dia na escola. O dia começa normalmente, mas o silêncio pesado do filme antecipa claramente o desastre que acontece no final — uma prova de ciências. Que horror! Nosso amado narrador está claramente despreparado para uma crise dessas!

Um dia na vida é uma reminiscência dos primeiros trabalhos de Francis Ford Coppola, uma surpresa, considerando a sua direção de natureza colaborativa. Diferentes membros do AV Clube dirigiram cada cena, mas esse pasticho de estilos a torna ainda mais interessante. Por exemplo, cada diretor usa música para sua cena mais emocionante, incluindo a singular obra de Liam Hasser, do oitavo ano, que usou *Jump!* do Van Halen, como trilha sonora para a cena do basquete no ginásio. O elenco de apoio é tão forte quanto é baixa a voz do narrador (interpretado impecavelmente por Alfonso Millar, do nono ano). Parecia Darth Vader. Foi muito sinistro! Particularmente interessante é o desempenho do sr. Everett em um papel discreto, mas cheio de nuances, de *O Professor*.

Alguns espectadores com estômagos mais fracos podem considerar as cenas em sala de aula difíceis de suportar. A emoção do filme pode ser avassaladora, mantenha seu lenço à mão para uma cena de cortar o coração que ocorre durante a aula de matemática. É uma cena que certamente será discutida em círculos de crítica de cinema nos próximos anos.

Um dia na vida é exibido na sala de teatro, das 12 às 13 horas, durante toda a semana de 6 a 10 de dezembro. Assista antes que alguém solte um spoiler do inesperado final!

E aí, Arthur,

Você definitivamente cobriu todos os elementos do filme! No entanto, estou tendo dificuldade para entender o tom de sua matéria — você está sendo sincero ou sarcástico? Acaso achou que minha interpretação não ganharia um Globo de Ouro? Que choque! Adeus, Hollywood! Seu elogio é avassalador, e alguns leitores podem percebê-lo como duvidoso. Se estiver disponível, podemos nos reunir na hora do almoço para discutir alterações em sua resenha. Seria ótimo se aproveitasse um pouco do feedback dos artigos anteriores e os aplicasse em sua próxima matéria, está bem, amigo?

Sr. E.

Caro sr. Everett,

O senhor me disse para ser mais positivo em meus artigos. Isto é o mais positivo que posso ser, especialmente para um dos filmes mais chatos que já vi na vida. Isso porque meu pai me fez assistir Cidadão Kane uma vez, por isso eu sei como é um filme chato.

Talvez minha própria série de artigos fosse uma maneira melhor de eu usar minhas habilidades editoriais. Eu adoraria me reunir com o senhor para falar sobre minhas ideias para artigos!

Cordialmente,
Arthur Bean

CONCURSO DE ESCRITORES MIRINS

Só um lembrete: escrevam durante as férias de inverno! As versões finais de suas histórias deverão ser entregues em 1º de abril, sem exceções! Os finalistas da escola serão publicados na edição de primavera da *Marathon* e submetidos a votação em toda a escola. Lembrem-se de consultar seus parceiros de escrita criativa para que os aconselhem, corrijam e ouçam suas grandes ideias! Se tiverem alguma dúvida antes das férias, consultem a sra. Whitehead dia 17 de dezembro às 16 horas. Feliz escrita!

▶▶ ▶▶ ▶▶

Tarefa: Diário de Personagem

Escolha seu personagem favorito de *Sonho de uma noite de verão* e escreva um diário sobre uma cena da peça. O registro no diário deverá demonstrar sua compreensão do material que estudamos e apresentar *insights* sobre como o personagem poderia se sentir em um determinado momento da peça.

Data de entrega: 9 de dezembro

▶▶ ▶▶ ▶▶

Programa de tutoria entre colegas —
Relatório de atividades
Data: 7 de dezembro
Assunto: Diário de Shakespeare

Corrigimos trabalho de Robbie. Foi tudo bem.
— Arthur

Aqui está meu trabalho, Artie me ajudou. Ele também mudou algumas frases para que ficassem mais boa. Também trabalhamos com melhores rimas para meu *pomea* de amor. Aqui está.
— Robbie

Querido diário,
  Estou apaixonado por Hérmia, mas ela está apaixonada por Lisandro. É terrível. Eu tento tanto fazer que ela goste de mim, mas nada adianta. Eu a conheço desde sempre. Praticamos esportes juntos desde que estávamos no jardim de infância italiano. Mas ela só me vê como amigo, e quer que eu me apaixone por sua amiga Helena. Helena é feia, e disse que eu era estúpido e o pior jogador de segunda base que ela já viu. Mas, mesmo assim, Hérmia é muito boa para mim. Eu só queria que ela não ficasse fugindo com Lisandro, porque eu tenho febre do feno muito alta na floresta, e é ainda pior à noite.
  Quando a encontrar com Lisandro, vou lhe dar este poema de amor que escrevi.

Hérmia Hérmia. Você é uma beleza
Acho você legal. Acho você uma delicadeza.
Gosto de seu sorriso doce. Gosto de seu redondo rosto.
Então, saia comigo agora, e mostre seu bom gosto.

  Até mais, Diário,
  Demetrius

8 de dezembro

Querido DL,

Hoje teria sido aniversário de minha mãe. Eu não fui à escola e meu pai não foi trabalhar. Foi estranho. Nenhum de nós queria fazer nada. Eu só queria ficar na cama e ler um livro e tal, e acho que meu pai só queria ficar em seu quarto também. Mas depois isso parecia estranho também, então saímos, compramos flores e fomos ao cemitério.
Eu não sei o que dizer a meu pai quando ele está tão calado, então não disse nada. Ele não disse nada. Nenhum dos dois disse nada, só deixamos as rosas e ficamos ali.
Estava muito frio. Eu queria ir embora porque havia esquecido as luvas. Começou a nevar muito, e normalmente eu gosto de neve porque a cidade fica tranquila, mas hoje deixou o cemitério ainda mais silencioso e estranho.
A pior parte foi quando pensei como mamãe sempre falava muito e como teria sido melhor se ela estivesse ali para deixar tudo menos estranho.

Cordialmente,
Arthur Bean

▶▶ ▶▶ ▶▶

Diário de Demétrio

Arthur Bean

Querido Diário,

Oh, Hérmia, como é lindo teu sorriso
E teus dentes tão brancos, paraíso.
Formato de bota tem teu país
Ver teu lindo rosto me faz feliz.
Serás minha namorada, talvez minha esposa em seguida?
Porque sei que vou te amar pelo resto da vida.

Este é o poema de amor que eu gostaria de dar a Hérmia. Infelizmente, não posso, porque ela está apaixonada por Lisandro. Acho triste que ela esteja apaixonada por ele, sendo que eu a amo há tanto tempo, desde que a conheci na aula de ginástica italiana. Hérmia acha que eu deveria me apaixonar por Helena, mas esta parece um cavalo, tem dentes gigantes e nariz comprido. Eu amo Hérmia.
Vou ter que seguir Lisandro e ela até a floresta hoje à noite e dar-lhe meu poema de amor.

Arthur,

Sua tarefa é notavelmente semelhante à de Robbie, estilo idêntico, os mesmos temas e personagens idênticos. Por favor, venha falar comigo depois da aula para explicar essas semelhanças, tendo em mente que plágio se aplica tanto a trabalhos publicados quanto a não publicados. Eu levo isso muito a sério, e espero que vocês também. Espero que sua explosão de criatividade neste trabalho seja apenas uma infeliz coincidência, e não porque você ajudou Robbie com a tarefa desta semana.

Sra. Whitehead

⏩ ⏩ ⏩

10 de dezembro

Querido DL,

Não posso vencer. A sra. Whitehead me odeia. Ela deixou isso bem claro. Acho que um autor famoso deve ter partido secretamente seu coração quando jovem. Aposto que ela o conheceu na faculdade e ele lhe disse que era bonita, e depois a dispensou porque ela disse que seu trabalho era malfeito. Mas ele só estava sendo profundo sem usar um monte de palavras. Muitos escritores famosos deixam as coisas abaixo da superfície. Ou talvez ele tenha pensado que a tarefa era estúpida e não valia seu tempo. Isso acontece. Depois, ela deve ter ficado toda brava com ele, e ele percebeu que ela ficaria sempre lhe dizendo que sua escrita era uma droga e que ele era preguiçoso. Assim, ele terminou com ela. E agora ela está descontando em mim. Aposto que a faço se lembrar dele, porque eu uso chapéus legais e tenho tudo para ser um escritor famoso.
Ela está com ciúmes do meu talento. Aposto que ela nunca escreveu nada de bom. Ela nunca vai escolher minha história para o concurso escolar, mesmo que seja a melhor, eu sei. Bom, ela vai ver. Minha história vai ser muito melhor que a de

todos. Vai ser melhor que o estúpido "brilhante" Shakespeare dela, porque ninguém entende isso, e a ninguém interessam as estúpidas anotações no diário de uma peça antiga.

Cordialmente,
Arthur Bean

⏵⏵ ⏵⏵ ⏵⏵

Tarefa: Escrita livre. Tema: Festas de fim de ano
Boas festas! Nesta tarefa quero que vocês saciem seu espírito criativo! Não há limites, nem estrutura nem regras; basta escrever o que quiserem. Pode ser um poema, um conto, o diário de um personagem fictício, um livro de memórias de sua infância — qualquer coisa que os inspire a escrever! Deixem seu artista interior se manifestar no papel!

Data de entrega: 15 de dezembro

15 de dezembro

Querido DL,
    Eis aqui uma coisa que escrevi para a aula da sra. Whitehead, mas depois decidi não entregar. Acho que não ficou muito bom, então vou entregar outra coisa. Mas eu queria colocar isso em algum lugar, e você parece ser o tipo de cara que o apreciaria. Diga-me o que acha... Hahaha!

Cordialmente,
Arthur Bean

Uma História de Natal

Meu pai comprou uma árvore de Natal no fim de semana passado. Ele foi ao terreno e escolheu uma, enquanto eu fiquei em casa assistindo a um filme qualquer que passava na tevê domingo à tarde.

    Quando chegou em casa, ele a deixou em cima do carro até o jantar, quando eu a vi e disse:

— Ei, pai, tem uma árvore em cima do carro.

Ele murmurou que a havia comprado em um impulso. Ele até comprou um banquinho, mas sei que já temos um em algum lugar. Acho que agora teremos dois. Mas eu não disse nada. Só o ajudei a tirá-la do carro e a montamos na sala de estar, ao lado da televisão.

Havia reprises de seriados antigos na televisão o tempo todo. Fiz um macarrão para nós, dei uma cerveja a meu pai e ele ficou assistindo à tevê. Ele não pegou o controle remoto para mudar de canal, só ficou ali olhando para a televisão, no mesmo canal que eu estava vendo, e eu ouvia os sons de risos enlatados enquanto misturava o queijo. Quando a árvore se aqueceu, abriu seus galhos e começou a se inclinar para a esquerda, e logo metade da árvore estava bloqueando a televisão. Notei isso durante o jantar, mas não disse nada. Acho que meu pai nem percebeu. Nós ficamos ali, com nossos pratos vazios, cobertos de creme de queijo seco, no chão, ao lado do sofá.

    Dois dias depois, perguntei a meu pai se íamos decorá-la, mas ele disse que não sabia onde mamãe guardava os enfeites. Assim, a árvore está na sala de estar, bloqueando a televisão. Suas agulhas estão caindo e faz dias que não a regamos. Está vazia de luzes, e bolas, e soldados reluzentes de estanho, e nozes, mas cheia de memórias de Natais passados.

Cordialmente,
Arthur Bean

Tarefa: Uma História de Natal

Arthur Bean

O melhor dia das Festas do ano passado foi quando meu pai levou para casa a árvore de Natal. Minha mãe pegou todos os enfeites e ficava cantando em voz alta *The Twelve Days of Christmas* enquanto desembaraçava as luzes.

Meu pai apareceu em casa com a maior árvore que eu já vi, e juntos, nós a tiramos do teto do carro e entramos com ela na casa.

O cheiro de pinho encheu a sala, e depois meu pai ficou xingando enquanto tentava arrumar as luzes. Minha mãe gritava com ele toda vez que um palavrão saía de sua boca, e eu ria deles enquanto desembrulhava os enfeites e os alinhava na mesinha de café. Com todos os enfeites já na árvore, meu pai pegou uma cerveja, minha mãe um vinho e eu chocolate quente, e nos sentamos no sofá olhando a árvore de Natal até que o sol se pôs e a única luz da casa provinha das luzes vermelhas e azuis brilhantes que piscavam ao redor da árvore.

Naquela noite, muito tarde, ouvimos um tilintar. Os sinos da árvore cantavam loucamente, e eu acordei e os ouvi da cama. A seguir, o som foi ficando mais alto, e mais alto, até que ouvi um CRRRACK, e depois um barulho de queda e vidros quebrados. Corremos para a sala de estar; Pickles estava encolhida num canto atrás do sofá, onde se enfiara depois de brincar com os enfeites mais baixos, até que a árvore caiu. Meu pai xingou muito, e minha mãe riu muito, pegou a gata com uma das mãos e correu para pegar a vassoura. Varreu todos os vidros, e eu segurei a pá de lixo, enquanto meu pai levantava a árvore de novo. Tivemos que virar a árvore, de modo que a parte de trás ficou para a frente, pois já era tarde demais para comprar novas luzes de Natal, e os galhos ficaram todos quebrados. Mas eu ainda acho que foi a mais bela da árvore de Natal que já tivemos.

Caro Arthur,

Obrigada por compartilhar comigo tão bela lembrança do Natal com sua mãe. Desejo a você e a seu pai boas festas. Vejo você no Ano Novo!

Sra. Whitehead

▶▶ ▶▶ ▶▶

20 de dezembro

Querido DL,

Papai e eu fomos fazer compras de Natal hoje no shopping e demos de cara com a sra. Whitehead! Foi TÃO estranho. Fomos almoçar na praça de alimentação e ela chegou com seu taco combo procurando um lugar para sentar. Ela nem me viu de início. Só viu um lugar livre ao nosso lado e perguntou se podia sentar. A seguir, ela me viu, e ficou toda animada por conhecer meu pai, "já que ele não havia ido à reunião de pais" (Acho que ela o censurou um pouco ao dizer isso), e chocada com a coincidência que foi ter nos encontrado ali. Foi ridículo. Fico imaginando se ela planejou aquilo. Talvez ela estivesse dando em cima de meu pai, já que sabe que ele está solteiro agora. Isso não seria legal.

De qualquer forma, ela se sentou conosco e ficou falando sobre seus planos para o Natal. Até pediu conselho a meu pai sobre uma camisa xadrez que ela comprou para o irmão. Como se ele soubesse alguma coisa sobre moda! Ela tinha um monte de sacolas também, incluindo uma de uma loja de lingerie. Senti vergonha alheia. Não podia acreditar que ela estava comprando roupas de baixo e, a seguir, sentara-se com um aluno! Quem faz uma coisa dessas?? Ela disse que ia para Toronto passar o Natal e que ia levar sua avó para ver *O Quebra-Nozes*. Disse que vai com a avó todos os anos. Não sei como ela ainda tem uma avó viva! Fico imaginando quantos anos ela tem. Achei que tinha quarenta. Quando saímos, ela

me deu um abraço e apertou a mão de meu pai.
Foi uma surpresa total, então retribuí o abraço.
Espero que ninguém da escola tenha me visto
abraçando minha professora. É assim que os
rumores começam.

Cordialmente,
Arthur

▶▶ ▶▶ ▶▶

De: Kennedy Laurel (imsocutekl@hotmail.com)
Para: Arthur Bean (arthuraaronbean@gmail.com)
Enviado: 21 de dezembro, 17h56

Olá, Arthur ☹

Como estão suas férias de fim de ano??? As minhas estão TERRÍVEIS. ☹ Sandy terminou comigo!!! ☹☹
Ele disse que estava ocupado demais para namorar agora!! Eu acho que ele está muito ocupado com os amigos e tal. E quero entender, porque o amo muito. Chorei muito quando ele me falou, mas disse a ele que quero que ainda sejamos amigos. Acho que vamos ser amigos, especialmente porque sei que ele está apenas passando por um momento difícil agora, e vai querer voltar depois das férias, quando estivermos na escola de novo; acho! Ele até foi mal em SAÚDE. Todo o mundo sabe que é essa matéria é uma piada! Mas ele é muito inteligente, então acho que ele está só muito sobrecarregado. Mas, Arthur, eu amo Sandy TANTO!!!!
Já sinto falta dele!! Normalmente ficamos falando ao telefone ou por mensagem a noite toda!!! Eu já comprei o presente de Natal dele também!! Ainda

posso entregá-lo? Isso vai mostrar que gosto dele ainda, não é??? Você é um garoto, de modo que sabe mais disso que minhas amigas!!
 Enfim, estou tão triste!!! ☹☹☹ É O PIOR NATAL DO MUNDO!!! ☹

Kennedy ☹

De: Arthur Bean (arthuraaronbean@gmail.com)
Para: Kennedy Laurel (imsocutekl@hotmail.com)
Enviado: 21 de dezembro, 18h19

Querida Kennedy,

Que pena que terminaram. Garotos dessa idade às vezes são muito difíceis de entender. Estou triste por você! Se você fica triste, eu fico triste, por isso hoje é o pior dia do mundo!
 Vá tomar um sorvete. As pessoas devem tomar sorvete depois de terminar um namoro, não é? E acho que devem assistir a filmes bobos e tal. Que chato, não sei o que dizer. Apenas lembre que você é a melhor garota do mundo, e é superlegal e inteligente e bonita. Qualquer garoto da escola adoraria ser seu namorado!
 Sandy era um completo idiota, de qualquer maneira. Se eu fosse você, não lhe daria o presente. Troque por algo legal para você. Ele não a merece!
 Não sei se posso ajudar, mas se você quiser sair, talvez possamos ir ver um filme. Meus primos vão ficar conosco por um tempo, mas eu os deixo aqui se você quiser conversar. ☺

Cordialmente,
Arthur Bean

21 de dezembro

Querido DL,

HOJE É O MELHOR DIA DO MUNDO!!!!
   Acho que Kennedy logo vai perceber que seu ex-namorado era um superidiota, e nós vamos sair. E vamos ver um filme de terror e ela vai gritar e esconder o rosto em meu ombro e eu vou segurar sua mão e rir e dizer "não estou rindo de você", e vamos ficar de mãos dadas durante o filme e descendo a escada rolante do shopping, e no ponto de ônibus.
   Aposto que ela cheira a xampu de frutas. Será que é tarde demais para pedir um perfume de Natal? Acho que vou precisar de um em breve.
   E meus primos vêm passar o Natal aqui! Queria que Luke morasse mais perto. Ele é muito popular e tem ótimas histórias sobre as coisas que faz. Ele também inventa coisas legais para fazer. Como durante o verão, quando estávamos na casa dos meus avós e todos os adultos estavam sempre por perto, e ele descobriu um cinema que tinha matinês estranhas durante a semana. Nós nos fantasiamos e fomos ver um filme terrível, muito velho, de aliens. Jogamos pipoca na tela e gritamos com os personagens e ninguém ligou! Foi hilário! Enfim, vai ser ótimo quando Luke estiver aqui. Eu já deixei um saco de dormir no chão do meu quarto para ele, e lhe deixei o melhor travesseiro de minha cama. Mais um dia!

Muito feliz,
Arthur Bean!!

▶▶ ▶▶ ▶▶

27 de dezembro

Querido DL,

Feliz Natal, acho. Não tenho muito tempo para escrever. Passamos a maior parte do Dia de Natal na casa dos meus avós e acabamos de voltar. Agora, o apartamento está cheio demais, porque Luke, George e seus pais estão hospedados aqui. Meu pai está dormindo no sofá, e George em um saco de dormir embaixo da mesa de jantar. Ele parece gostar de lá, já que nunca diz nada a ninguém. Luke disse que ele é assim sempre. Fico feliz por não ter um irmão mais velho assim.
   De qualquer forma, DL, o Natal foi estranho. Ninguém me deixa sozinho. Minha tia e minha avó ficam me abraçando e chorando, e eu só quero que me deixem em paz. É muito diferente, porque todo o mundo fica fingindo estar feliz quando estamos todos juntos, por isso é superbarulhento dentro de casa e há música sempre tocando. Ninguém sequer menciona o fato de que minha mãe morreu, ou que vamos à igreja porque minha mãe queria que fôssemos, ou que o recheio do peru de minha mãe era muito melhor. Todos os anos eu discutia com mamãe para abrir os presentes antes do café da manhã no dia de Natal, e eu sempre perdia, mas tudo bem, porque sempre abrimos. A discussão era uma tradição também. Mas este ano, eu disse: "Vamos abrir os presentes antes do café da manhã?" e todos concordaram. É como se ninguém fosse me dizer "não", não importa a

razão. Eu comentei isso com Luke, e ele me desafiou a pedir um cigarro a vovô para provar minha teoria. Eu não pedi, claro.

Enfim, ganhei uns livros, roupas, jogos e outras coisas, e Nicole me deu um livro de Stephen King sobre escrita que deve me ajudar a escrever minha história. E agora ouço minha tia me chamar, porque ela acha que estou aqui chorando e porque "não devo ficar sozinho neste momento difícil". Pelo menos Luke está aqui. Ele está parado na porta tirando o sarro de mim por fazer lição de casa durante as férias. Se ele soubesse, DL!!

Cordialmente,
Arthur Bean

▶▶ ▶▶ ▶▶

De: Robbie Zack (robbiethegreat2000@hotmail.com)
Para: Arthur Bean (arthuraaronbean@gmail.com)
Enviado: 28 de dezembro, 23h41

cara eu *houvi* que vc *robou* meu *trabalo* de inglês sobre *Demetrio* e Hérmia. Quando voltarmos *na* escola vc *tá* morto.

▶▶ ▶▶ ▶▶

De: Arthur Bean(arthuraaronbean@gmail.com)
Para: Robbie Zack (robbiethegreat2000@hotmail.com)
Enviado: 29 de dezembro, 10h03

Caro sr. Zack,

Acho que o endereço de e-mail da pessoa com quem quer falar está errado. Sou um homem de negócios muito rico e poderoso que vive no Novo México. Você deve estar procurando outro Arthur Aaron Bean, que vive no Canadá e é um garoto. No entanto, tenho certeza de que quando encontrar o Arthur Bean que procura, vai perceber que ele não é o tipo de sujeito que rouba trabalhos de inglês sobre Shakespeare. Ele deve ser um bom rapaz. Gostaria de conhecê-lo um dia e oferecer-lhe um emprego para ganhar milhões de dólares. Presumo que ele escreveria algo semelhante a sua ideia, de qualquer maneira, mas, provavelmente, melhor, já que sua ortografia é terrível.
Boa sorte para encontrar o Arthur Bean certo. Estou em uma reunião de negócios com os homens mais ricos e poderosos da América.

Cordialmente,
Arthur Bean

De: Robbie Zack (robbiethegreat2000@hotmail.com)
Para: Arthur Bean (arthuraaronbean@gmail.com)
Enviado: 30 de dezembro, 00h32

Vc é tão *engrassado*, esqueci de *ri*. Talvez eu *rio* quando enfiar sua cabeça no vaso *sanitario*.

De: Arthur Bean (arthuraaronbean@gmail.com)
Para: Robbie Zack (robbiethegreat2000@hotmail.com)
Enviado: 30 de dezembro, 14h30

Caro Robbie,

Eu não roubei sua história. Como você deve ter notado, faço a mesma aula de inglês que você. Nós lemos os mesmos livros. Pelo menos, eu li os livros. De qualquer forma, eu o ajudei com seu trabalho, e já estava escrevendo algo também. Na verdade, acho que você roubou meu trabalho. Afinal, quem corrigiu as rimas de sua carta? Eu. Você mesmo disse. Então, meu trabalho pode ser mais ou menos como o seu, mas tenho certeza de que eu sou um escritor melhor que você e que tenho ótimas ideias sozinho. Aliás, como você descobriu que eu roubei sua história? Isso é estranho. Eu poderia ter lhe explicado o que aconteceu se seus pais não o houvessem tirado da escola uma semana antes de ir ao Havaí. Se você quiser enfiar a cabeça de alguém no vaso sanitário, sugiro que escolha seu parente menos favorito.

Cordialmente,
Arthur Bean

De: Kennedy Laurel (imsocutekl@hotmail.com)
Para: Arthur Bean (arthuraaronbean@gmail.com)
Enviado: 31 de dezembro, 11h55

Feliz Ano Novo, Arthur!
    Desculpe não ter mantido contato! Minha família foi esquiar no Natal! Foi bom, exceto que meu irmão mais

velho, que está na universidade e se acha, de última hora decidiu ficar em casa sozinho. Fiquei louca, e ele e meu pai ficaram gritando. Minha mãe chorou todos os dias durante a viagem. Não sei por que ele tinha que ser tão egoísta!
 Era NATAL. Meu pai e ele AINDA não estão se falando. Está muito tenso aqui! Estou QUASE ansiosa para voltar à escola de novo, rs!
 Bom, esquiar foi legal, e foi legal sair da cidade, assim não tenho que ficar pensando em meu namorado. :(Sandy e eu tivemos uma longa conversa antes do Natal, e eu não quero PENSAR nele OU falar mais sobre ele! Eu lhe dei o presente de Natal e ele ficou TÃO estranho!!! Não sei qual é o problema DELE, mas estou seguindo em frente. Pelo menos, por enquanto.
 Tenho tentado pôr um pouco de minha tristeza em minha história para o concurso! Falando em concurso, você escreveu BASTANTE durante as férias?? Nem acredito que as aulas começam daqui a TRÊS dias!! Parece que acabaram de acabar, rs!! Você escolheu outras matérias para o inverno?? Eu saí da banda e entrei no teatro! Não nasci para tocar flauta!! Talvez me saísse melhor tocando tuba, rs!!! Mas AMEI a unidade de Shakespeare que estudamos na aula de inglês, e acho que o Clube de Teatro está montando uma peça dele!
 Enfim, se quiser me mandar sua história, eu adoraria ler o começo! Eu ainda não vi nada que você escreveu! Está evitando mandar material para mim, rs?!
 O que vai fazer hoje, no Réveillon? Eu vou a uma festa que minha amiga Kayla vai dar! Espero que haja garotos bonitos lá, rs!!!
 Kennedy ☺

De: Arthur Bean (arthuraaronbean@gmail.com)
Para: Kennedy Laurel (imsocutekl@hotmail.com)
Enviado: 31 de dezembro, 14h13

Feliz Ano Novo para você também, Kennedy! Esquiar parece divertido! Eu nunca esquiei. Acho que sou mais de snowboard.

    Hoje à noite vou sair com meus primos. Meu primo Luke e seu irmão George estão nos visitando. É demais! Meu primo George está no primeiro ano, então acho que vamos com ele a uma festa do ensino médio. Provavelmente é o que vamos fazer, mas não sei direito. Aposto que meu pai vai deixá-lo pegar o carro para nos levar.

    Acho que também vou fazer teatro este semestre, por isso vamos estar na mesma classe! É muito ruim que só possamos mudar as opcionais. Eu gostaria muito de me livrar de ciências e matemática :) Estou muito animado com a aula de teatro. Talvez possamos ser parceiros!

    Ando escrevendo também, mas até agora é tudo muito vago. Eu gosto de começar a escrever pelo final, com o clímax, e daí trabalhar para trás. Acho que isso dá ao enredo de minhas histórias uma direção clara. Por isso, se eu lhe mandar material agora, vai estragar o final! Ou eu teria que matá-la por saber o final... hahaha...

    Vejo você daqui a alguns dias! Ou, como diria Shakespeare, *"Vejo-te sem demora."* ☺

Cordialmente,
Arthur Bean

JANEIRO

1º de janeiro

Querido DL,

Acho que é melhor eu anotar minhas resoluções para este ano agora, para que eu não quebre nenhum delas antes do meio-dia, hahaha. Aqui estão minhas resoluções:

1. Vou ganhar o concurso de redação. Esse é o número um!!!
2. Não vou deixar meus pratos na pia por mais de três dias.
3. Vou dizer a Kennedy que a amo, e fazer com que ela me ame também.
4. Vou gostar das peças de Shakespeare, e não só fingir que gosto.
5. Vou tricotar uma blusa para meu pai.
6. Vou ler o jornal com mais frequência para saber o que está acontecendo no mundo.
7. Vou ler *Guerra e paz*.
8. Vou tentar não ficar irritado com Robbie Zack durante a tutoria para que eu não lhe dê "acidentalmente" um soco na cabeça.
9. Eu vou parar de comer comida picante na escola, já que me dá muitos soluços e depois as crianças ficam debochando de mim.

Acho que isso é o suficiente por este ano. Não quero traçar expectativas elevadas demais.
Feliz Ano Novo, DL!

Cordialmente,
Arthur Bean

De: Kennedy Laurel (imsocutekl@hotmail.com)
Para: Arthur Bean (arthuraaronbean@gmail.com)
Enviado: 1º de janeiro, 13h00

Olá, Arthur!!!
Como foi sua festa de Réveillon?? A minha foi muito divertida! Teve karaokê, rs!!! Não acredito que seu primo se chama George! É tão engraçado! Pensei que só os velhos se chamavam George, rs!
Depois que lhe mandei o e-mail, lembrei que era seu primeiro Natal sem sua mãe! Desculpe, eu devia ter lembrado e não lhe falado sobre o MEU Natal! Estou contente por seus primos estarem aí! Espero que não tenha sido MUITO triste! Estou lhe enviando um abraço ENORME por e-mail!
Estou muito animada porque você vai fazer teatro comigo! Robbie vai estar na aula também!! Demorou um pouco para convencê-lo na festa ontem à noite, mas ele por fim admitiu que ama Shakespeare também, então nós três podemos ser as bruxas de *Macbeth*, rs!!! "Dobra, dobra, a labuta e os problemas", rs!!!
Seu último e-mail foi HILÁRIO! Fico feliz por você não ter perdido o senso de humor, mesmo que seu Natal deva ter sido TÃO triste!!

Bom, não quero que você me mate por saber como sua história termina antes de começar, rs!!! Mal posso esperar para vê-lo NO TEATRO, rs!!!

Kennedy ☺

De: Arthur Bean (arthuraaronbean@gmail.com)
Para: Kennedy Laurel (imsocutekl@hotmail.com)
Enviado: 1º de janeiro, 13h05

Olá, Kennedy,

Acabei não indo à festa. George teve uma intoxicação alimentar, ou algo assim, então Luke e eu vimos filmes até as três da manhã. Foi divertido, de qualquer maneira. Eles vão embora hoje, o que é muito ruim, porque se eles morassem aqui você poderia conhecer meu primo Luke. Que bom que você teve uma festa legal de Réveillon. Vejo você em poucos dias. Obrigado pelo abraço via e-mail também. O Natal foi legal, não foi muito triste. Luke comprou um videogame novo e nós jogamos, e foi incrível. Bem, foi incrível quando o devolvemos e trocamos pela versão para PlayStation, em vez de Nintendo.

Cordialmente,
Arthur Bean

⏩ ⏩ ⏩

2 de janeiro

Querido DL,

Tudo bem, DL, é hora de levar a sério. Chega de pensar em outras coisas. Tenho um concurso de escrita para vencer. Vai ser difícil, especialmente agora que Kennedy está prestes a se apaixonar por mim. Fico imaginando como fazem os casais famosos quando um dos dois é mais famoso que o outro. Felizmente, a maioria das meninas da escola está sempre lendo revistas que dão conselhos de amor e informações sobre pessoas famosas, então, vou deixar que Kennedy pesquise sobre o assunto. Ha!
   Mas chega de piadas sobre conselhos amorosos, DL. Vou só pensar em escrever e trabalhar para ser famoso, assim poderei parar de pensar em minha mãe e de me preocupar com meu pai (todos os seus presentes desembrulhados ainda estão debaixo da árvore — ele nem os tirou dali! Pickles já pegou um dos cachecóis que eu fiz para papai. Protegi o outro). A partir de agora, vou cuidar de mim, DL!

Cordialmente,
Arthur Bean

▶▶ ▶▶ ▶▶

Tarefa: Esboço de personagens

Nossa próxima unidade é escrita criativa, e é minha favorita de ensinar! Espero que nossas tarefas durante as próximas semanas os inspirem a descobrir novas maneiras de contar histórias. Para quem estiver participando do concurso de contos, alguns desses exercícios podem ajudar a fortalecer a história. Para outros, espero que esta unidade os inspire a continuar a escrever fora da sala de aula.

Escrevam alguns parágrafos curtos sobre uma pessoa importante para vocês. Essa tarefa será um ponto de partida para o desenvolvimento do personagem de um conto que vocês vão escrever mais para a frente nesta unidade. O que essa pessoa veste? O que ela come no café da manhã? Como interage com outras pessoas? Procurem fazer um esboço completo do personagem observando suas características positivas e negativas, bem como os aspectos físicos e de personalidade.

Data de entrega: 7 de janeiro

▶▶ ▶▶ ▶▶

Programa de tutoria entre colegas — Relatório de atividades
Data: 4 de janeiro
Assunto: esboço de personagens

Sra. W: Não me sinto à vontade para *compatrilhar* meu trabalho com Arthur Bean. Ele pode *roubalo* e *usalo* para seu próprio trabalho
— Robbie

Robbie está exagerando sobre algo que ele não sabe. Talvez seus pais não devessem tê-lo feito faltar para ir ao Havaí passar o Natal. Acho que o sol queimou sua cachola. Tentei explicar a ele (da mesma maneira que expliquei à sra.) que meu trabalho pode parecer igual à primeira vista, mas que é muito mais profundo se olharmos bem. O simbolismo é claro para pessoas muito inteligentes. No entanto, minha explicação caiu em ouvidos moucos, e Robbie só fica cuspindo em meu trabalho. É uma perda de tempo.

— Arthur Bean

⏭ ⏭ ⏭

Esboço de personagem — Margaret Bean

Arthur Bean

Seu nome era Margaret Mary Bean, mas era conhecida como Marg. Ela odiava ser chamada de Margaret.

Marg Bean amava o mar. Ela cresceu nas pradarias, mas sempre quis viver ao lado do mar. Ela sempre usava azul e verde, e lia muitos livros com capas azuis ou imagens de barcos nas capas. Ela dizia que achava reconfortante ter um livro de capa azul, mesmo que fosse sobre piratas ou coisa parecida.

As calças de Marg Bean eram sempre muito curtas, porque suas pernas eram muito compridas. Ela tentava usar blusas grandes para parecer que suas calças eram suficientemente compridas, mas na verdade só as fazia parecer mais curtas.

Marg Bean era mais bonita quando estava assistindo à televisão ou lendo um livro. Isso porque seu rosto relaxava, sua boca ficava fechada e suas mãos paravam de se movimentar. Em qualquer outra ocasião seu rosto era sempre muito tenso, como se estivesse tentando colar as sobrancelhas uma na outra. Marg Bean se cansava de andar para quase todo lado, por isso respirava pela boca. Isso a fazia parecer muito velha, e ela parecia estar envergonhada, porque seu rosto ficava vermelho feito beterraba.

Sua voz era sempre mais alta do que se esperava que fosse, e ela parecia estar gritando o tempo todo, mas, na verdade, estava falando. Na biblioteca pública, todo o mundo olhava para ela quando pedia os livros no balcão. "VOCÊ TEM LIVROS DE ISAAC ASIMOV?", dizia, e a bibliotecária dizia em voz ainda mais suave do que usava com todos os outros, "sim, ficam um pouco mais no canto, ali." "ARTHUR, ESTOU ALI NO CANTO. AVISE-ME QUANDO PEGAR SEUS LIVROS." E todo o mundo erguia o olhar para ver com quem ela estava falando, e levantam as sobrancelhas e me julgavam, como se eles não gostassem de ninguém que a conhecesse.

Marg Bean sempre comia mingau e café de manhã. Seu almoço favorito era sanduíche de salada de ovo, desde que não tivesse cebolinha. Curry a fazia ir muito ao banheiro, e ela achava que era porque a pimenta era muito picante. Ela fazia um rosbife perfeito, e sempre fazia aspargos para acompanhar, porque é o melhor vegetal para comer com carne assada. Ela também fazia espaguete e almôndegas muito bons, mas dizia que dava muito trabalho fazer toda hora, então ela só fazia de vez em quando.

Se Marg Bean fosse um personagem do meu livro, seria uma mãe zumbi, líder do bando de zumbis. Ela tem que ser zumbi porque não está viva, e vampiros são estúpidos. Ela seria superforte e teria um companheiro zumbi gato que mataria ratos zumbis. Isto porque Marg Bean amava gatos — até Pickles, que é, na verdade, metade gata e metade demônio. Ela odiava ratos, mas não tanto quanto aranhas.

Caro Arthur,

O esboço de seu personagem é um excelente começo para nossa unidade de contos. Você capturou a essência da personalidade de sua mãe por meio da escolha de momentos nesse esboço. No entanto, sua mãe não precisa ser zumbi em seu livro, se não quiser. Muitas ótimas histórias são reflexos da pessoa em seu auge, e não precisam ser totalmente verdadeiras.

Sra. Whitehead

▶▶ ▶▶ ▶▶

8 de janeiro

Querido DL,

A aula de teatro começou esta semana, e Kennedy também faz! É bom estar em uma classe com ela onde não temos que nos sentar à mesa, e podemos nos sentar onde quisermos.

Sempre vou sentar ao lado de Kennedy e lhe mostrar como sou encantador na vida real todos os dias. Tudo bem Robbie estar na aula também, o único problema é que ele fica falando com Kennedy. Eles têm essa mania desde quando jogavam beisebol juntos, essa coisa estranha de *High Five* que fazem o tempo todo e é muito idiota. Temos também que cantar na aula, o que eu acho estúpido porque é uma aula de teatro, não um coro, mas o sr. Tan diz que um bom ator é uma "tripla ameaça" se souber atuar, cantar e dançar. Gostaria de triplamente ameaçar Robbie para ele sair da aula, mas não com atuação, canto e dança, e sim com *kick-boxing*, caratê e movimentos ninjas.

 Ando escrevendo muito. Comecei uma história idiota na aula da sra. Whitehead sobre gatos zumbis, mas essa definitivamente não vai ficar famosa. Tentei me basear em Pickles, mas ela não é um zumbi, é só meio possuída. Minha história para o concurso fará os leitores rirem e chorarem e perceberem como sou inteligente. Vou escrever algo realmente profundo. Acho que vai precisar de muita descrição. A sra. Whitehead é ótima em descrição.

 O computador estava sozinho na mesa, em uma sala cinza desbotada. A cadeira era marrom, e o couro rachado cedia cada vez que alguém se sentava nela. O sol brilhava amarelo através das vidraças sujas. Não havia nada mais a dizer...

Cordialmente,
Arthur Bean

▶▶ ▶▶ ▶▶

Tarefa: Entrevista com um Amigo

Como ouvimos na palestra do escritor hoje, alguns autores imaginam estar entrevistando seus personagens, isso para ajudá-los a desenvolver o pano de fundo da história e outras peculiaridades que podem transformar um personagem sem graça em um bem elaborado. Para treinar essa técnica, gostaria que vocês entrevistassem alguém que faça parte de sua vida. Criem cinco perguntas que achem que lhe fornecerão um retrato exato daquilo que essa pessoa gosta ou não, e alguns *insights* sobre sua perspectiva de vida. No trabalho, coloquem tanto as perguntas quanto as respostas de seu entrevistado.

Data de entrega: 14 de janeiro

▶▶ ▶▶ ▶▶

Programa de tutoria entre colegas —
Relatório de atividades
Data: 11 de janeiro
Assunto: Entrevistas

Artie foi muito grosso hoje, e eu até tentei ser legal com aquele perdedor. Ele não quis me ajudar a corrigir minha *entervista* com Kennedy para que ficasse melhor. Não entendo como a sra. acha que a tutoria é boa para *nóis*. Podemos trocar? Ele está na aula de teatro *com migo* agora e é chato lá como em todo lugar.
— Robbie

Sra. Whitehead: Gostaria de pedir extensão do prazo para essa tarefa. Eu ia entrevistar Kennedy Laurel, mas Robbie já entrevistou. Minha entrevista ia ser muito mais profunda, mas não quero que pense que eu roubei a ideia dele. Acho até que ele roubou a minha, porque eu estava conversando com Kennedy na aula de teatro e deixei bem claro que ia pedir para entrevistá-la. Agora tenho que pensar em outra pessoa para entrevistar, e não sei se vou ter tempo de fazer isso até sexta-feira.

— Arthur

Arthur, vou lhe permitir entrevistar Robbie durante a aula na quinta-feira, o que deve lhe dar tempo suficiente para entregar sua entrevista na segunda-feira de manhã.

Sra. Whitehead

De: Kennedy Laurel (imsocutekl@hotmail.com)
Para: Arthur Bean (arthuraaronbean@gmail.com)
Enviado: 15 de janeiro, 15h20

Olá, Arthur! Como é divertida a aula de teatro!!! O sr. Tan disse que haverá testes para *Romeu e Julieta* em breve! Não vai ser demais? Deixe que eu respondo: DEMAIS, rs!!!
 Então, como vai sua história? Acabo de perceber que não li NADA seu ainda! Acho que estou quase terminando a minha! Meus alienígenas são muito bons no controle da mente, e então, minha personagem principal não sabe se ela está sob CONTROLE MENTAL ou se é tudo um sonho! Se quiser, pode me enviar seu esboço!! Claro, só se você realmente já

escreveu alguma coisa! Brincadeirinha! Só estou tirando o sarro de você, já que não me mandou nada! Você é tão cheio de SEGREDOS! rs! Mas, falando sério, você PODE MESMO me mandar alguma coisa! Eu quero ajudar! ALÉM DISSO, eu vou lhe enviar o resto da minha história em breve também!

Kennedy ☺

De: Arthur Bean (arthuraaronbean@gmail.com)
Para: Kennedy Laurel (imsocutekl@hotmail.com)
Enviado: 15 de janeiro, 17h03

Uau, Kennedy!
    Sua história fica melhor a cada semana. Adorei essa nova reviravolta! Isso me lembra daquela coisa que Shakespeare falou — um sonho dentro de um sonho. Mas acho que sua versão é bem mais legal.
    O esboço da minha história ainda está muito cru. Só estou em dúvida sobre qual das histórias desenvolver. Tenho tantas quase prontas, mas não sei qual terminar primeiro. Bom, talvez você possa me ajudar a escolher uma.
    Eis uma lista das minhas ideias:

1) Um garoto vai ser rei, mas ele é muito pequeno para fazer qualquer coisa e é muito pobre. Ele encontra um feiticeiro que vive no passado, e ele treina o garoto para se tornar o maior rei de todos os tempos. Daí, o mago acaba ficando preso no tempo, mas o rapaz se torna rei de qualquer maneira, porque ele encontra a espada do rei verdadeiro, e então lidera um grande exército e se apaixona por uma bela mulher que se torna rainha.

2) Um garoto vive em uma sociedade que não tem nenhuma lembrança, mas ele se torna o guardião da memória para todos em sua aldeia. Ele descobre que seus pais fazem parte do grupo de pessoas que controla para que ninguém tenha nenhuma lembrança. Daí, ele descobre coisas terríveis sobre a comunidade e tem que fazer alguma coisa para mudar isso.

3) Existe uma terra acima das estrelas onde tudo é muito mágico. Um garoto que vive lá é o líder de um grupo de meninos órfãos e pode voar. Ele deixa sua terra e vem para Nova York. Ele conhece uma garota e seus irmãos e eles vivem aventuras juntos. Eles encontram piratas, sereias e leões que falam, e coisas assim. Eles adoram estar nessa terra, mas depois percebem que preferiam estar em casa com seus pais, então, depois de lutar com os caras malvados da ilha, eles acabam voando para casa e vivem felizes.

4) Uns aliens piratas tomam naves espaciais e obrigam as pessoas a fazerem coisas diferentes. Mas todos na nave espacial ficam velhos muito rápido e morrem. Eles não sabem o que fazer, então vão para a Terra e entram no corpo dos avós. Aí ocorre uma mudança nas pessoas de idade e elas ficam muito felizes e cheias de energia o tempo todo, e eles começam a brincar como crianças. Eles dominam os parquinhos e as crianças ficam com raiva. Então, as crianças vão procurar os elfos que vivem debaixo da ponte na cidade e querem pegar o parquinho de volta. Mas os elfos estão lutando com dragões fora da cidade, e precisam da ajuda dos gigantes na luta. Mas as crianças não sabem que existem dragões, então os elfos decidem pedir aos dragões ajuda para lutar contra os avós. Mas os avós desaparecem e entram na nave alienígena;

mas eles não têm oxigênio suficiente para voltar ao seu planeta, de modo que ficam flutuando acima da cidade. Então, um menino que não tem pais percebe que seus avós estão na nave, porque ele mora com eles. Daí, ele encontra os gigantes e lutam contra os aliens, e ganham. E os avós voltam ao normal, mas têm que dividir suas casas com os gigantes, porque eles venceram a guerra. E então, todos têm que se acostumar a ter um gigante em casa.

5) Talvez algo sobre o racismo.

Eu adoraria sua opinião sobre qual delas seria melhor.

Cordialmente,
Arthur Bean

▶▶ ▶▶ ▶▶

De: Kennedy Laurel (imsocutekl@hotmail.com)
Para: Arthur Bean (arthuraaronbean@gmail.com)
Enviado: 16 de janeiro, 10h59

Olá, Arthur!

Você tem tantas ideias!!! E são todas tão complexas! É como se você tivesse todo o enredo da trilogia *O Hobbit*!
   Eu não quero ser dura, mas... todas parecem muito grandiosas! Acho que você escreveria umas 100 mil páginas e ainda não teria terminado! Algumas delas parecem umas que já existem também. Sua segunda ideia não é a mesma história que estudamos no sexto ano? E acho que sua primeira ideia é a mesma história do rei Arthur, e a ideia número três é muito parecida

com *Peter Pan*. SEM OFENSAS! Talvez eu esteja me confundindo! E eu não entendi nada da última ideia!! Tem umas 8 mil tramas! Como sua parceira de escrita criativa, só queria apontar isso. Não quero que depois você seja acusado de trapacear! Eu quero ganhar, mas não quero que você seja expulso da competição! Enfim, eu sempre ouço as pessoas dizerem que devemos escrever sobre coisas que conhecemos. Talvez você devesse tentar algo mais realista. A PROPÓSITO, você é tão engraçado! Você poderia vencer com uma história hilariante sobre seu primo George, ou algo assim! São só algumas opiniões de sua parceira de escrita FAVORITA, rs!

Kennedy ☺

De: Arthur Bean (arthuraaronbean@gmail.com)
Para: Kennedy Laurel (imsocutekl@hotmail.com)
Enviado: 16 de janeiro, 15h29

Querida Kennedy,

Obrigado. Vou pensar nisso. Mas George não faz muita coisa. Sempre que o vejo ele está ouvindo seu iPod com uns fones de ouvido enormes. Ele mal fala, na verdade. Meu primo Luke (irmão dele) me disse outro dia que George passou todo o fim de semana reorganizando sua coleção de DVD. Literalmente, o fim de semana todo. Não creio que ele daria uma grande história.

Cordialmente,
Arthur Bean

Entrevista com Robbie Zack

Eu entrevistei Robert Zack. Aqui está o que conversamos, e que pode ser comprovado pela gravação.

Arthur: Qual é seu nome?

Robbie: [não diz nada]

Arthur: Quantos anos você tem?

Robbie: [não diz nada, mas se ouvir a fita, poderá ouvi-lo arrotar em minha cara]

Arthur: Você gosta de ler?

Robbie: Não.

Arthur: Você gosta de escrever?

Robbie: Não, é chato.

Arthur: Então, de onde você tira suas ideias para suas histórias na aula de inglês?

Robbie: Por quê? Você quer roubá-las?

Arthur: Você já nasceu idiota? Ou sua idiotice é só porque você gosta de ser idiota?

Robbie: Você sempre foi um *nerd* imitador? Ou você copiou isso de sua mãe?

Arthur: Minha mãe morreu, idiota.

Robbie: Até parece.

Arthur: É verdade. Ela morreu ano passado.

Robbie: Oh...

Fim da entrevista.

Arthur,

Acho que você pode fazer melhor que isso. Quero que refaça a tarefa e pense cuidadosamente em perguntas melhores. Sei que você pode encontrar alguns interesses e valores comuns entre você e Robbie. É complicado quando se fala de um assunto difícil, mas tente reconhecer que Robbie não sabia que sua mãe havia morrido. Vocês podem ter dificuldades de comunicação um com o outro, mas um pouco de compreensão da situação da outra pessoa ajuda. Entregue sua nova entrevista para mim amanhã.

Sra. Whitehead

▶▶ ▶▶ ▶▶

**Entrevista com Robbie Zack:
Segunda tentativa**

Aqui está a versão escrita de minha segunda entrevista com Robbie Zack. Gravei de novo, caso a sra. não acredite em mim.

Arthur: Qual é sua cor favorita?

Robbie: Vermelho.

Arthur: Qual é sua matéria favorita?

Robbie: Teatro.

Arthur: Qual é a matéria de que você menos gosta?

Robbie: Inglês.

Arthur: A sra. Whitehead disse que você tem que colaborar com minha entrevista.

Robbie: Estou colaborando. Isso não é uma pergunta.

Arthur: Mas você está fazendo a entrevista ficar uma droga. Fica respondendo com uma palavra só.

Robbie: Sim.

Arthur: Tudo bem.

Robbie: Tudo bem.

Arthur: Eu vou tirar nota ruim e vai ser culpa sua.

Robbie: Impossível. Você nunca tira nota ruim. Você sempre vai bem na escola.

Arthur: Porque eu faço minhas tarefas. Você faz suas tarefas?

Robbie: Para quê? Eu vou mal de qualquer jeito.

Arthur: Sua mãe não pode ajudá-lo?

Robbie: [não diz nada]

Arthur: Hein?

Robbie: Não. Já deu.

Então Robbie sai. Acho que não pode me dar nota ruim por isso, sra. Whitehead.

⏩ ⏩ ⏩

Arthur,

Eu sei que você está tendo problemas com esta tarefa, mas realmente sinto que você pode conseguir. O sr. Everett disse que você é um dos seus melhores jornalistas, então, tenho certeza de que você pode criar ótimas perguntas para a entrevista. Falei com Robbie também, e eu gostaria que você tentasse mais uma vez se conectar com ele na entrevista. É muito importante para escritores famosos que sejam capazes de criar personagens muito diferentes em suas histórias, e é claro que você e Robbie são muito diferentes! Pode usar um tempo da aula de hoje para concluir a tarefa.

Sra. Whitehead

Entrevista com Robbie Zack: Terceira tentativa

Arthur: Disseram-me para entrevistá-lo de novo com perguntas melhores.

Robbie: Disseram-me que tenho que lhe dar melhores respostas, então, vamos acabar logo com isso.

Arthur: Boa ideia. Primeira pergunta: O que você faz para se divertir?

Robbie: O normal. Sei lá. Videogames são meus favoritos, mas não tenho autorização para jogar os bons. Eu gosto de Minecraft. Gosto de assistir a filmes de ação. Jogo basquete às vezes. E futebol. Sou péssimo, mas gosto de jogar.

Arthur: Você gosta de filmes... É por isso que teatro é sua matéria favorita?

Robbie: Não sei. Acho que sim. É porque acho que... não sei... acho que há pessoas divertidas na aula. E não é difícil... É bom porque fico fazendo qualquer coisa, brincando, como quando eu era criança, mas valendo nota, e então o sr. Tan disse que sou criativo. É como se ficássemos só fingindo coisas que não são verdade, mas as sentimos mais que a realidade, às vezes. O que é o melhor jeito de fazer coisas reais, entende?

Arthur: Mas suas "coisas reais" não são difíceis. Você acabou de voltar do Havaí. Ir para o Havaí passar o Natal não é difícil. O que é difícil em sua vida?

Robbie: Muita coisa. Só porque eu fui para o Havaí não significa que a vida não é difícil, entende? Você acha que é o único que tem problemas, e pensa que é melhor que os outros.

Arthur: Eu não acho que sou especial. Você não entende. Sua mãe não morreu.

Robbie: Não, mas poderia. Ela está indo embora para a Carolina do Norte, sem nós. Eu, meu pai e meu irmão vamos nos mudar para uma casa feia na cidade e vamos ter que dividir o quarto. A vida é uma merda.

Arthur: Oh...

Robbie: Pois é.

Arthur: Hum, minha próxima pergunta é: Que tipo de livros você gosta de ler?

Robbie: Eu já disse que não gosto de ler. Bem, eu gosto de histórias em quadrinhos. Isso vale?

Arthur: Acho que sim. Não sei. Talvez não.

Robbie: Pois deveria.

Arthur: Acho que não. São só fotos.

Robbie: De jeito nenhum, cara. Os desenhos acrescentam muito na história porque os artistas são realmente bons. Como esse de zumbis. É impressionante. E não é que todos os zumbis são ruins. Eles têm personalidades que têm que ser mostradas, e todos eles são diferentes, e dá para passar horas observando todos os detalhes de uma página. Você devia ler. Aposto que ia gostar.

Arthur: Duvido.

Robbie: Aposto que vai. Vou trazer um para você ler.

Arthur: Tudo bem. Vou ler, mas acho que não vou gostar.

Robbie: Tudo bem.

Arthur: Última pergunta. Você gosta de tricotar?

Robbie: Tricotar? Tipo, blusas?

Arthur: Ou cachecóis. Dá para tricotar qualquer coisa.

Robbie: Essa é a pergunta mais estúpida que eu já ouvi.

Fim da entrevista.

Muito melhor, Arthur. Fico feliz por ver que você e Robbie conseguiram trabalhar juntos nessa tarefa, e espero que tenham aprendido alguma coisa também!

Sra. Whitehead

19 de janeiro

Querido DL,

Hoje foi duro! A sra. Whitehead me obrigou a refazer minha tarefa de casa umas catorze vezes! Bom, três vezes, mas, mesmo assim, pareceram catorze. E por causa disso eu cheguei atrasado ao refeitório na hora do almoço e perdi a pizza de hoje. Além disso, eu vi Kennedy e estava prestes a dizer oi quando vi que todas as suas amigas estavam lá, e amarelei. Bom, não é que eu amarelei, só não era o momento certo, porque eu não queria que meus amigos nos ouvissem conversar. A amiga dela, Catie, faz estardalhaços por TUDO. Enfim, eu ia perguntar sobre o Clube de Teatro, e se ela gostou (apesar de que eu já sei), e depois ela ia ficar animada e começar a falar, e daí poderíamos sentar juntos para almoçar e conversar sobre tudo que temos em comum, e ia ser incrível, e ela ia perceber como sou legal.
    Queria saber se Robbie fica dizendo a ela que acha que sou *geek*. Eu sei que ele pensa isso só porque eu nunca joguei Minecraft. E nunca fui para o Havaí também. Bom, isso não é legal; ele foi porque seus pais estavam se divorciando; mas o único lugar aonde eu fui quando minha mãe morreu foi à casa dos meus avós em Balzac. E, definitivamente, não há palmeiras em Balzac. Na verdade, não há nada em Balzac. Sério. Nada.

Cordialmente,
Arthur Bean

E aí, Arthur,

Como você sabe, vai haver um evento para comemorar a vitória do time de futebol. Que tal você dar uma corrida até lá e escrever para o jornal? Aposto que você vai cobrir os 8 mil metros em um único artigo!

Sr. E.

**O MUNDO INTEIRO É UM PALCO...
E VOCÊ PODE ESTAR NELE!!**

O Clube de Teatro está fazendo testes para a produção de *Romeu e Julieta*, na primavera. Não é necessário ter experiência em atuação; basta vir e se juntar a nós em 24 de janeiro, depois da aula. Traga seu talento para o drama, sua alma furiosa, seu coração romântico ou o palhaço mais engraçado da classe; há papéis para todos! Talvez você seja a próxima grande estrela cinematográfica: Comece agora!

▶▶ ▶▶ ▶▶

20 de janeiro

Querido DL,

Ontem à noite sonhei que eu era Romeu na peça da escola, e Kennedy era Julieta. Foi glorioso! Nós nos beijamos e ficamos de mãos dadas, e todo o mundo que viu a peça disse coisas tipo: "Vocês dois têm muita química!"; "Vocês formam o casal mais adorável!". E então, Kennedy disse: "Bom, ele não estava atuando", e daí ela me beijou de novo, mas não no palco. Foi perfeito. Queria que fosse real. Então Kennedy seria uma atriz famosa e nós nos casaríamos. Então seríamos um casal superfamoso, e depois de um tempo escreveríamos um livro de receitas, porque secretamente somos cozinheiros gourmet. Então, agora eu tenho que ensaiar. Faltam quatro dias para os testes!

Cordialmente,
Arthur Bean

Celebração de futebol começa com o pé errado

Arthur Bean

A celebração da Terry Fox Junior High pela vitória do time de futebol acabou em tragédia ontem, quando Katy Lamontagne, uma garota popular do nono ano e namorada de Ryan Riker, caiu do topo da pirâmide humana e foi levada às pressas para o hospital.

Essa demonstração de descuido e negligência não é a primeira dessa torcida da Terry Fox Junior High, propensa a acidentes. Uma fonte não identificada disse que uma líder de torcida bateu em sua própria cabeça com um bastão durante o treino em setembro. Na semifinal contra a Lester B. Pearson Jr. High, em novembro, outra líder de torcida vomitou depois de ficar rodando por metade da apresentação. Para investigar esses chamados acidentes, este repórter entrevistou o sr. Fringali, professor de educação física e treinador do time de futebol júnior.

Quando questionado sobre a natureza suspeita da queda, o sr. Fringali disse que há sempre um risco de desequilíbrio na pirâmide humana, mas que a equipe havia treinado o movimento muitas vezes. "Não é culpa das meninas", disse Fringali. "Elas se esforçam muito, e estão devastadas pela gravidade do acidente de Katy." Quando pressionado a fornecer mais detalhes sobre a distribuição do peso na pirâmide, o sr. Fringali não quis comentar, afirmando que a pergunta era "rude" e "desnecessária". A única coisa que este repórter considera rude é o flagrante ocultamento de informações por parte da escola. É evidente que algo está acontecendo com esse grupo de meninas nos bastidores, e ninguém fala nada. Talvez haja um espelho quebrado no vestiário delas, ou talvez alguém carregue um pé de coelho azarado. Uma coisa é certa: este repórter vai até ao fundo da pirâmide do azar. As pessoas querem saber!

E aí, Arthur,

Que abordagem interessante da celebração do futebol! Você deve ler muitos romances policiais! No entanto, não estou muito satisfeito com seu foco em teorias da conspiração envolvendo a torcida organizada. Pedi a Robbie que adicionasse a seu artigo algumas fotos e grandes legendas do resto da festa, e vamos usar a primeira parte de seu artigo na matéria. Não se preocupe, você e Robbie assinarão o artigo. A menos, claro, que você queira ficar anônimo e usar um pseudônimo, caso os federais estejam de olho . . .

Sr. E.

▶▶ ▶▶ ▶▶
**Programa de tutoria entre colegas —
Relatório de atividades
Data: 21 de janeiro
Assunto: Shakespeare**

Como não *tinhamos* nada para fazer, Artie e eu treinamos as *senas* de luta da peça dos *textes* para Romeu e Julieta da semana que vem.
— Robbie

"Prudência; quem mais corre mais tropeça."
Caso esteja se perguntando, é uma citação de Romeu e Julieta.
— Arthur

▶▶ ▶▶ ▶▶

Tarefa: Entrevista Sobre Mim

Nós mesmos podemos ser alguns dos melhores personagens, por isso, esta tarefa é fácil! Quero que entrevistem alguém próximo de vocês. O assunto é importante: vocês mesmos! Utilizem pelo menos cinco das perguntas que discutimos em sala de aula, e escrevam suas respostas usando o mesmo formato da última tarefa. E, por favor, evitem colocar seus amigos ou familiares em uma posição desconfortável fazendo perguntas difíceis ou negativas.

Data de entrega: 25 de janeiro

▶▶ ▶▶ ▶▶

23 de janeiro

Querido DL,

Preciso confessar uma coisa. Não tenho história nenhuma. Tenho um monte de inícios de história. Tenho até alguns fins de história, mas não dá para fazer uma história inteira.

Não sei o que fazer! Eu sei que sou capaz. No fundamental I, todos os meus professores diziam que minhas histórias eram ótimas. Diziam que eu era supercriativo e que seria um escritor famoso um dia. Então, a esta altura eu deveria ser capaz de escrever as melhores coisas, mas não consigo. Os professores não deviam ter licença para dizer que você é ótimo em alguma coisa. Isso só torna a vida mais difícil.

O duro é que eu sei que sou capaz, só não sei por onde começar. E aí, surge algo na vida e eu fico pensando nisso. Como hoje. Hoje teria sido aniversário de casamento dos meus pais, então fiquei pensando que minha mãe sempre me mandava para a casa de Nicole e meus pais iam jantar em algum lugar chique — do qual eu não gostaria —, como um restaurante de frutos do mar ou algo parecido. Em vez disso, agora meu pai está sentado no sofá assistindo à tevê e ignorando o telefone que continua tocando.

Eu atendi uma vez; era a mãe de Luke ligando para conversar com papai, mas ele só falou com ela um segundo e disse que ligava depois. Mas não ligou. Liguei para Luke, porém, e nós conversamos por uma hora. Ele disse que tem Minecraft, então podemos jogar da próxima vez que nos virmos. Quem sabe quando isso vai acontecer? Às vezes parece que nunca. Tia Deborah disse que vinha sozinha, mas espero que traga Luke. Ele poderia frequentar minha escola por um tempo também. Se bem que ele ficaria entediado ali. Acho que ele pensa que sou mais legal do que sou na verdade. E se Kennedy se apaixonar por Luke, em vez de por mim? Ele é a versão mais legal de mim.

 Talvez seja melhor Luke ficar em Edmonton.

 Enfim, DL, toda semana acho que não haverá motivo para ficar triste, mas parece que sempre há alguma coisa, como a pizza de sexta-feira à noite, ou no Natal, ou a panqueca de terça. Então fico travado e não consigo escrever coisas felizes. Às vezes pego ideias de outros lugares e tento partir delas, mas nunca funciona. Só há uma coisa na vida que eu quero que seja ser perfeita. E a única coisa que poderia ser perfeita é minha escrita. É pedir muito?

Cordialmente,
Arthur Bean

CONCURSO DE ESCRITORES MIRINS

Faltam pouco mais de dois meses para acabar o prazo de entrega dos contos: 1º de abril. Suas histórias já devem estar esboçadas, por isso, use esses últimos meses para polir seu trabalho. A revisão é o segredo de uma boa história, por isso, coloque seus parceiros de escrita criativa para trabalhar; não esqueça que eles estão trabalhando em suas próprias histórias também.
Não deixe as coisas para a última hora; dois meses passam rápido!
Feliz escrita!

▶▶ ▶▶ ▶▶

Tarefa: Entrevista sobre mim

Arthur Bean

Pedi a minha vizinha, Nicole, que respondesse a algumas perguntas sobre mim para esta tarefa. Aqui está o que falamos.

Arthur: Quando nos conhecemos, qual foi sua primeira impressão?

Nicole: Eu conheci você e seus pais há seis anos, quando me mudei para cá. Você era muito pequeno para sua idade. Lembro que você ficava correndo pelo quintal cantando canções de Frank Sinatra e fingindo ser um avião. Era estranho. Então, comecei a ser sua babá, e você gostava de assistir a desenhos animados antes de dormir, e depois ler um livro que fosse quase igual a um filme e compará-los. Era fofo.

Arthur: Quais são as coisas que eu faço melhor?

Nicole: Bem, você tricota bem, especialmente porque

você acabou de aprender. Você tem facilidade de falar com estranhos, quando há pessoas comigo e você está aqui. Tenho certeza de que você não é tímido! Você gosta de escrever. Você faz um ótimo molho de tomate. Você faz sua cama muito bem de manhã. Você sempre recicla.

Arthur: Qual é a probabilidade de eu me tornar um escritor famoso como Stephen King?

Nicole: Tudo é possível se você se esforçar. Mas tornar-se um escritor famoso é muito difícil. Você tem que fracassar bastante para chegar lá. Muita gente quer ser escritor, mas nunca consegue ser publicada. Acho que você tem que ter vários empregos antes para se tornar escritor. E isso lhe dará muito sobre o que escrever!

Arthur: O que poderia fazer melhor?

Nicole: Ora, você tem só doze anos...

Arthur: Treze.

Nicole: Treze. Você tem tempo de sobra para estragar sua vida de maneiras que não pode sequer imaginar ainda. Pode acreditar! Continue fazendo o que está fazendo que tudo vai dar certo.

Arthur: Não. Quero dizer, agora.

Nicole: Ah. Bom, você pode limpar a cozinha com mais frequência. Você sempre deixa seus pratos na pia por mais de um dia. É nojento.

Arthur: Obrigado, Nicole.

Nicole: Disponha, Arthur

Arthur, sua babá Nicole é muito astuta! Espero que tenha achado esta tarefa útil.

Kennedy mencionou que você está tendo dificuldade com sua história para o concurso. Se quiser falar comigo sobre isso, será um prazer conversarmos depois da aula. Às vezes, só o que necessitamos é de alguém para conversar sobre nossos desafios, a fim de registrá-los no papel!

Sra. Whitehead

Cara sra. Whitehead,

Nicole não é minha babá. Ela é minha vizinha; fico com ela quando meu pai vai chegar tarde do trabalho. Às vezes nos encontramos socialmente também, porque ela está me ensinando a tricotar. Ela é minha amiga. Isso é bem diferente de babá. Babá é para pessoas como Robbie, que deve precisar de supervisão constante para não pôr fogo na casa.

E também não estou tendo dificuldades com minha história. Kennedy se enganou. Não sei por que ela diria isso, já que não é verdade. Não preciso de ajuda para encontrar minhas ideias. Estou quase terminando minha história e tenho certeza de que é ótima.

Cordialmente,
Arthur Bean

Arthur,

Bom saber que as coisas estão indo bem. Estou ansiosa para ler sua história no formato final. Não se esqueça de usar espaço duplo!

Sra. Whitehead

▶▶ ▶▶ ▶▶

ELENCO: *Romeu e Julieta*

DIRETOR: Sr. Tan
DIRETOR DE CENA: Amelia Lewis
ASSISTENTE DE DIRETOR DE CENA: Robert Zack
ROMEU: Arthur Bean
JULIETA: Kennedy Laurel
AMA: Benjamin Crisp
MERCÚCIO: Curtis Westleigh
BENVÓLIO: Latha Nantikarn
TEOBALDO: Andrew Brock
CORO E OUTROS: Surya Hatta, Gemma Hemming, Tom McAulista, Liam Wilson, Sierra Barthes, Taylor Van Den Furthe, Mai Nguyen, Cristal-Leigh St. Jean-Adams, Phil Topor, Von Ipo, Audrey Eng, Taylor Tom, Fiona Chong, Ezra Galen
SUPLENTE DE ROMEU: Robert Zack
SUPLENTE DE JULIETA: Audrey Eng

▶▶ ▶▶ ▶▶

27 de janeiro

Querido DL,

Consegui!!! Vou ser Romeu e Kennedy vai ser Julieta!! Vamos nos beijar e tudo! Seremos os dois maiores amantes de todos os tempos. Eu sei! A química entre nós é muito forte. Aposto que o sr. Tan pôde sentir a química entre nós na aula e soube que seríamos perfeitos como R & J! Vai ser tão fácil ser Romeu! Acho que eu poderia ser tão bom ator como sou escritor. Provavelmente vai ser muito difícil escolher como vou querer ser famoso. Aposto que eles vão transformar meus livros em filmes e diretores famosos vão me pedir para interpretar meus personagens. Claro que vai ser difícil decorar as falas. Eu não sou muito bom para decorar as coisas. Mas, mesmo assim! Beijo de verdade!

Cordialmente,
Arthur Bean

De: Arthur Bean (arthuraaronbean@gmail.com)
Para: Kennedy Laurel (imsocutekl@hotmail.com)
Enviado: 28 de janeiro, 10h30

Querida Kennedy,

Parabéns por seu papel na peça! Estou muito feliz por você, e acho que vamos fazer uma ótima dupla principal, não acha? Mal posso esperar que os ensaios comecem. Talvez possamos nos encontrar este fim de semana e começar a ensaiar juntos. Minha amiga

Nicole diz que isso se chama "passar as cenas" no mundo do espetáculo. Estou livre, já que temos um substituto de matemática na sexta-feira — Sem lição de casa no fim de semana!

Cordialmente,
Arthur Bean

De: Kennedy Laurel (imsocutekl@hotmail.com)
Para: Arthur Bean (arthuraaronbean@gmail.com)
Enviado: 28 de janeiro, 00h05

Olá, Arthur!

Parabéns para você também!!! Estou TÃO animada para interpretar Julieta! Será minha primeira grande chance no show biz, rs! Talvez meu EX-namorado nos veja nos beijando e fique com ciúmes, rs! Eu não posso "passar as cenas" (olhe para nós, falando como profissionais de teatro, rs) este fim de semana, tenho um torneio de vôlei! Mas já que sabemos o que o sr. Tan está esperando dos ensaios, podemos nos encontrar qualquer dia ao meio-dia para ensaiar! Isto é, entre a escrita de histórias premiadas, o trabalho de jornalismo contundente e todas as TAREFAS DE CASA, rs!
   A propósito, você já conversou com Robbie? Ele está muito chateado por não ter conseguido o papel de Romeu :(Ele gosta taaanto das aulas de teatro, e acho que ele representa muito também. Enfim, se você falar com ele, seja supersimpático. Ele estava tão triste a caminho de casa... Ele veio aqui ontem, fizemos pipoca e assistimos a filmes de Jim Carrey. São tão idiotas, mas engraçados!
   Saindo para ganhar um torneio de vôlei, rs!!

Kennedy ☺

De: Arthur Bean (arthuraaronbean@gmail.com)
Para: Kennedy Laurel (imsocutekl@hotmail.com)
Enviado: 28 de janeiro, 00h21

Querida Kennedy,

Na verdade, ainda bem que você não pode. Eu havia esquecido que vou estar muito ocupado neste fim de semana também. Tenho um monte de atividades e uma festa também. Mas vamos combinar para quando nós dois estivermos livres!
   Acho que Robbie não estava interessado no papel; ele deve ter ficado chateado só um minuto. E acho que ser suplente é importante, e assistente de diretor de palco também é muito importante. Como o sr. Tan disse... nenhum papel é muito pequeno!
   Boa sorte no torneio de vôlei!

Cordialmente,
Arthur Bean

FEVEREIRO

Tarefa: Cenas dramáticas

As conversas são complicadas por escrito, e os escritores muitas vezes têm dificuldade para desenrolar a história usando o diálogo em vez da descrição. Tendo observado, hoje, cenas de peças de teatro em sala de aula, usem essas obras como inspiração para seu próprio conto! Escrevam uma cena curta para uma peça, na qual dois personagens se encontram e resolvem um problema juntos. Esses personagens podem ser pessoas reais que faça parte de sua vida, ou baseados em trabalhos anteriores, ou novos personagens que compartilhem traços de personalidade com pessoas que vocês conhecem; ou até vocês mesmos! Experimentem entrelaçar os detalhes no diálogo, não os digam ao leitor diretamente.

A cena deve ter pelo menos duas páginas, com espaço duplo.

Data de entrega: 4 de fevereiro

▶▶ ▶▶ ▶▶

**Programa de tutoria entre colegas —
Relatório de atividades
Data: 2 de fevereiro
Assunto: Cenas dramáticas**

Sra. Whitehead, sugiro que Robbie consulte um profissional por causa das tendências violentas em seu trabalho. Sério, esse garoto tem problemas que precisam ser trabalhados, e tenho medo de que ele me mate da mesma forma que seu "personagem" me mata na cena dele. Duvido que possa dormir direito esta noite.
— Arthur Bean

Artie me ajudou com minha *sena*, para criar um dos *personajens* responsável pelo problema. O problema é que um deles fica olhando fixamente na peça e o outro quer ser a estrela. Juntos, eles matam a outra estrela e não são pegos. É muito engraçado. Também comecei a usar a palavra "fender". Tipo "fender a cabeça de alguém com um machado."
— Robbie

3 de fevereiro

▶▶ ▶▶ ▶▶

Querido DL,

Hoje fizemos a primeira leitura do roteiro de *Romeu e Julieta*. Foi ótimo. Agora o sr. Tan quer ensaiar cena por cena. Ele disse que é melhor se pudermos encontrar a emoção condutora (ele chama de motivação do personagem) e a representarmos. Disse que o melhor é relacionarmos essa emoção a algo em nossa própria vida e escrevermos sobre isso. Eu desenhei a imagem de um coração com uma espada sangrenta atravessada na capa do meu caderno, com uma garrafa de veneno vazia ao lado. Acho que isso vai me fazer lembrar da tragédia da peça toda vez que eu olhar.

Mal posso esperar até chegarmos à parte em que vou beijar Kennedy. Aposto que seus lábios são supermacios, porque ela usa um monte de brilho labial. Eu queria começar a ensaiar só com ela, mas o sr. Tan disse que íamos ensaiar com Audrey e Robbie também, já que eles "precisam saber a marcação", onde temos que ficar no palco em cada cena. (É muito técnico.) Mas fica muito lotado quando os quatro estão tentando fazer tudo. Além disso, tenho feito par com Robbie nessa cena dramática em sala de aula. Por que eu sempre tenho que trabalhar com ele? É uma conspiração contra mim?

Cordialmente,
Arthur Bean

▶▶ ▶▶ ▶▶

Tarefa: Cena dramática

ELENCO: Nancy, uma garota
          Darian, um garoto

Nancy: Ei! Ei, você aí! Quem é você?

Darian: Eu sou Darian. Eu moro nesta rua. Acabamos de vir de Ohio. Meus pais estão se divorciando.

Nancy: Certo. Você pode me ajudar?

Darian: Talvez. Qual é o problema?

Nancy: Estou tentando tirar minha irmã do esgoto.

Darian: Como sua irmã foi parar no esgoto?

Nancy: Essa é uma longa história.

Darian: Eu tenho tempo. Meus pais são divorciados e eu não conheci ninguém aqui ainda desde que viemos de Ohio.

Nancy: Bem, eu a coloquei no esgoto. Ela estava me irritando. Ela fica repetindo tudo que eu digo.

[Embaixo do palco]: Ela fica repetindo tudo que eu digo.

Nancy: CALE A BOCA!

[Embaixo do palco]: Cale a boca!

Nancy: ESTOU FALANDO SÉRIO!

[Embaixo do palco]: Estou falando sério!

Darian: Tem certeza de que quer tirá-la daí? Ela parece bem feliz lá embaixo. Ela vai ficar bem, desde que não encontre um crocodilo.

Nancy: Você acha que há crocodilos lá embaixo?

Darian: Eu sei que há. Eu sou superinteligente. Já estudei sobre crocodilos que vivem nos esgotos. Eles podem chegar a 25 pés de comprimento.

Nancy: E quanto é isso em metros?

Darian: Não sei, eu sou de Ohio.

Nancy [gritando para o esgoto]: Ouviu isso, Franklina? Há crocodilos aí embaixo! É melhor ficar quieta, ou eles poderão encontrá-la utilizando a localização por sonar, como os morcegos!

Darian: Muito bem, como você vai tirar sua irmã do esgoto?

Nancy: Bom, eu tricotei este cachecol.

Darian: Você sabe tricotar? Essa é a coisa mais legal que já ouvi. Você deve ser muito legal. Meu amigo Arthur, de Ohio, tricotava também, e ele era a melhor pessoa de todos os tempos.

Nancy: Ele parece sonhador. Talvez, em vez de tirar minha irmã do esgoto, eu devesse me mudar para Ohio e me casar com seu amigo Arthur.

Darian: É melhor você se mudar logo. Ele vai ser muito famoso em breve, porque é um grande escritor também. Ele está escrevendo o próximo best-seller.

Nancy: Eu vou lhe dar este cachecol, e fazer espaguete com almôndegas para ele, apesar de eu ser vegetariana. Mas como o amo tanto, vou fazer almôndegas para ele.

Darian: Eu sou vegetariano também!

Nancy: Temos tanto em comum! Nós dois somos vegetarianos, e nós dois achamos Arthur o máximo!

Darian: Talvez você devesse ficar aqui.

Nancy: Não. Tenho que ir para Ohio. Você poderia ir também e morar com sua mãe.

Darian: Tudo bem. Eu gosto de Ohio.

[Nancy e Darian saem]

[Voz embaixo]: Alguém aí?

[Gritos e o som de uma menina sendo comida por um crocodilo.]

Fim

Arthur,

Sua interpretação da tarefa foi muito imaginativa. No entanto, a maior parte da descrição dos personagens está sendo apresentada por eles próprios, e você abandonou o "problema" da irmã no esgoto no meio da cena. Também não sei bem que traços de caráter você está tentando retratar em seus personagens. Continue trabalhando na mistura dos traços de personalidade. Lembre-se de MOSTRAR algo aos leitores, não lhes DIZER!

Sra. Whitehead

⏩ ⏩ ⏩

5 de fevereiro

Querido DL,

Imagino que você não escreveu nenhuma história para mim... Hahaha. Eu sei que é pedir demais, especialmente porque você é um objeto inanimado. Mas, falando sério, DL, chega de brincadeira. Eu tenho mesmo que escrever uma história. Quando eu começar, não vou conseguir parar de escrever. As palavras vão fluir dos meus dedos para o papel. Provavelmente nem vou ter que corrigir muito. É que não consigo fazer meus dedos trabalharem! Além disso, tenho esse monte de ensaios também. É muito complicado escrever minhas próprias palavras se estou tentando decorar as de outra pessoa.

    Tentei pedir ideias a Nicole e ela disse que eu devia escrever sobre um coelho triste que faz amizade com outros animais da floresta. Foi a ideia mais estúpida que já ouvi. Eu disse isso, e ela ficou ofendida e disse que uma grande alegoria às vezes é a história mais simples. Daí eu tive que procurar *alegoria*, e acho que ela estava debochando de mim. Tanto faz; ela não está tentando ser um grande escritor. Eu estou.

Cordialmente,
Arthur Bean

▶▶ ▶▶ ▶▶

Romeu e Julieta — **Reflexões de uma estrela**

Arthur Bean

Ato I, Cenas I e II
Nessa primeira cena eu represento um homem apaixonado. E, oh, que amor! É intenso e apaixonado. Eu me imagino como o fogo, e fui atiçado com gasolina. Eu queimo, e queimo, e queimo!
(É isso que quis dizer, sr. Tan? Não sei bem o que eu deveria fazer neste diário de reflexões.)

Romeu/Arthur,

Você está no caminho certo, e eu gostaria de ver mais emoção. Sinta o que Romeu está sentindo... Romeu está mesmo apaixonado nessa cena? Como ele se sente em relação a isso? Ele está feliz? Triste? Com raiva? Leia suas falas e tente encontrar algo de sua vida que o ajude a se conectar com o que Romeu está sentindo. Pode ser uma lembrança ou sentimentos atuais. Não se reprima; Romeu é muito dramático, mas também é muito sutil!

Sr. Tan

ROSAS PARA SEU AMOR...
Compre uma rosa para seu amor e ajude o fundo de figurino do Departamento de Teatro! As rosas estarão à venda no refeitório, na hora do almoço, todos os dias desta semana.
Custo: US$ 2,00 cada
Mostre seu carinho! Duas cores disponíveis!
Vermelha: amor verdadeiro. Rosa: admirador secreto
Todas as rosas serão entregues no
dia 14 de fevereiro na sexta aula

7 de fevereiro

Querido DL,

Eu vou falar com Kennedy na escola amanhã. Não só na sala de aula ou no ensaio, mas no almoço ou sei lá. Vou falar. Alguma coisa leve e divertida para que ela lembre como sou engraçado. Não consigo decidir se dou uma rosa a ela no Dia dos Namorados. Acho que, se eu começar a falar com ela, talvez lhe mande uma rosa! Esse é o primeiro Dia dos Namorados em que o cartão tem algum valor. No ensino fundamental I eu sempre tinha que dar cartão de Dia dos Namorados para todo mundo. Daí, todo o mundo contava seus cartões para ver quem tinha mais. Grande revelação, DL: Nunca era eu. Por algum motivo, eu nunca recebi tantos quanto as outras crianças de minha classe, apesar de que a regra era dar um cartão para todo o mundo. Acho que nem todo o mundo seguia as regras do jogo. Eu com certeza não. Nunca dei um cartão para Robbie ou qualquer um dos seus amigos. Minha mãe me fazia escrevê-los e checava para se certificar de que havia para a classe toda, mas a caminho da escola eu jogava fora os das crianças de quem não gostava. Mas este ano o cartão tem significado! E nunca se sabe, DL, talvez eu ganhe uma rosa de uma admiradora secreta também!

Ha! Isso seria fantástico, mas duvido. Kennedy ainda não sabe que me ama. Eu gosto de fingir que sim. É muito mais fácil que fazer qualquer outra coisa. Por exemplo, agora eu deveria estar escrevendo minha história para o concurso, mas não estou a fim. Toda vez que chego a casa tenho realmente intenção de fazer algo, mas parece que atravessar a porta suga toda minha energia para fazer qualquer coisa. Este fim de semana tentei levar meu pai ao cinema comigo, mas ele me deu dinheiro para ir sozinho, e disse: "Não estou a fim, companheiro." Eu poderia ter ido, mas quem vai ao cinema sozinho? Em vez disso, fui até a loja de lãs com Nicole e fiquei ouvindo-a falar com seus amigos que trabalham lá sobre encontros. Foi muito chato. Conversa de menina é muito chata. E durante todo o tempo que estivemos lá eu me senti culpado por não escrever. Nicole diz que mesmo quando procrastinamos, ficamos pensando na tarefa que estamos adiando. Mas isso não é verdade. Eu não penso em nada disso.

Cordialmente,
Arthur Bean

▶▶ ▶▶ ▶▶

**Programa de tutoria entre colegas —
Relatório de atividades
Data: 9 de fevereiro
Assunto:** *Romeu e Julieta*

Sra. W: Artie corrigiu minha *otorgrafia* em uma história em quadrinhos para o diário de r&j que o sr. *t* mandou fazer. Como não tínhamos *lissão* para fazer...
— Robbie

Sra. Whitehead, é estranho que Robbie faça uma história em quadrinhos sobre praticamente qualquer coisa. A sra. sabia disso?
— Arthur Bean

▶▶ ▶▶ ▶▶

CONCURSO DE AUTORES MIRINS

LEMBRETE: A entrega do material para o Concurso de Autores Mirins é dia 1º de abril! Por favor, enviem suas histórias diretamente ao professor de inglês ou ao gabinete do departamento. Todas as histórias devem ter uma página de título com seu nome completo, nome de seu professor e sua sala, no canto direito.

Exemplo:

John Doe
Sra. Ireland
Sala 8B

Boa sorte a todos!

▶▶ ▶▶ ▶▶

E aí, Arthur,

Tenho uma tarefa para você, Romeu! Pode acessar sua veia romântica e cobrir a leitura de poesia para o jornal? A sala da sra. Ireland, do oitavo ano, vai apresentar seus poemas na sala de teatro, e parece um evento que é sua praia.

Saúde!
Sr. E.

P.S.: O que o tomate foi fazer no banco? Tirar um extrato!

⏩ ⏩ ⏩

12 de fevereiro

Querido DL,

Mais uma semana se passou, e ainda nada de história e nada de namorada. Eu ia falar com Kennedy esta semana. Ia mesmo. Mas então, encontrei a sequência de *O Guia do Mochileiro das Galáxias* na biblioteca e li um pouco na hora do almoço, e tive que ajudar o sr. Everett com o layout do jornal duas vezes, e tive ensaio, e tenho tantas falas para decorar! Eu ia falar, DL. Eu ia mesmo, mas estive tão ocupado!

    Bom, quanto a Kennedy... tudo bem, eu amarelei. Eu fiquei lendo na biblioteca, ensaiando minhas falas, e definitivamente amarelei.
É muito difícil falar com ela quando todos os seus amigos estão por perto! Além disso, acho que a amiga dela, Catie, não gosta de mim. Ela

é uma daquelas meninas que parecem legais, mas eu a vi falando algo sobre mim, e quando ela acha que não estou vendo, sussurra alguma coisa para a amiga e cai na risada. Então, eu não disse nada. Na próxima semana, porém... Vou dar um passo na próxima semana.

 Conversei com Luke também hoje sobre ideias para a história. Ele disse que ia pensar e me avisar se tivesse alguma. Eu lhe falei de minha ideia para o título. Pensei em chamá-la de *A escuridão da alma*. Parece tão dramático! Não sei sobre o que vai ser, mas Luke achou que é bastante versátil.

 Isso poderia descrever meu pai um pouco. Luke disse que sua mãe está muito preocupada com meu pai. Foi estranho. Acho que não pensei muito nele. Bom, eu sei que ele está triste por causa de minha mãe, mas não achei que tivesse que me preocupar com ele. Afinal, ele é o adulto da casa. Ele devia estar mais preocupado comigo que eu com ele. Não que ele tenha que se preocupar comigo. Tenho tantas coisas para fazer que nem sequer tenho tempo de ficar triste o tempo todo!

Cordialmente,
Arthur Bean

▶▶ ▶▶ ▶▶

De: Kennedy Laurel (imsocutekl@hotmail.com)
Para: Arthur Bean (arthuraaronbean@gmail.com)
Enviado: 14 de fevereiro, 22h34

Olá, Arthur!

Feliz dia dos namorados!! Teve um bom dia?? Eu tive um dia maravilhoso!! Ganhei DUAS rosas na escola! Uma era VERMELHA e a outra ROSA!!! Eu tenho um admirador secreto, rs!!
    E o impossível aconteceu! Sandy veio a minha casa depois da escola e disse que havia me enviado a rosa vermelha, e pediu para voltar!!!!!!!! É CLARO que eu disse SIM, rs!!! Foi muuuuito romântico! Foi como um filme!! Eu estava começando a pensar que ele não queria mais saber de mim, mas daí pensei que talvez o poema que ele leu fosse sobre mim; mas não queria parecer pretensiosa nem nada. Mas era sobre mim!! É tão incrível!!! É O MELHOR DIA DOS NAMORADOS!!! ☺
    E tem ainda a rosa cor-de-rosa! Kayla disse que uma das duas tinha que ser sua, porque você entrou TANTO no papel de Romeu, rs!!! Eu disse que SEM CHANCE de ser sua, porque a escrita no cartão era muito bagunçada, e você parece ser o tipo de cara cuja escrita é PERFEITA, rs!
    De qualquer forma, só queria lhe desejar feliz Dia dos Namorados!! Bom, a gente se vê no ensaio segunda-feira! Ah, mas eu PROMETI a Sandy que não vou beijar o Romeu até a apresentação de verdade, rs! Senão, ele vai morrer de ciúme, rs!!

Kennedy ☺

14 de fevereiro

Querido DL,

Eu a odeio! Odeio Kennedy, e odeio Sandy, e odeio o Dia dos Namorados! Por que ela me mandaria um e-mail desses? O que ela tem na cabeça? Por acaso ela acha que eu quero ouvir sobre seu namorado estúpido lhe enviando uma rosa estúpida e aparecendo em sua maldita porta? Eu o odeio. Ele se acha tão romântico, mas não vê como Kennedy é incrível. Ele não a entende. Kennedy é incrível. Ela é gentil, inteligente e supertalentosa, e Sandy Dickason deve namorá-la porque ela é bonita. Eu não entendo! O que ela vê nele?? Será que não percebe que sou sua alma gêmea? Eu faço as mesmas coisas que ela, gosto das mesmas coisas que ela, e estou sempre à disposição dela. Por que ela não percebe? Eu SABIA que tinha que lhe mandar uma rosa no Dia dos Namorados, mas achei que seria besta, e queria fazer algo mais. Eu ia tricotar luvas para ela, mas agora o ESTÚPIDO do Sandy Dickason volta e estraga tudo! Sandy idiota. Ou devo dizer Arthur idiota? Eu não consigo fazer nada direito. Provavelmente vou ficar sozinho para sempre.

Cordialmente,
Arthur Bean

▶▶ ▶▶ ▶▶

Cupido Erra Mark Durante Leitura de Poesia

Arthur Bean

A sala do oitavo ano de inglês, da sra. Ireland, apresentou suas obras originais escritas para Dia dos Namorados. Foi em 14 de fevereiro, um meio dia de leitura poética. Os poemas iam de piegas de coração partido a francamente deprimentes. Ninguém devia ser obrigado a se sentar para ouvir uma hora de dísticos que rimam *coração com melão*. Eu, por exemplo, posso pensar em mais de uma palavra que rime com coração, melhores que a maioria das que ouvi na leitura. Eventos como esse na escola são uma excelente razão para reduzir a hora do almoço para 30 minutos.

Claro, houve alguns poemas que se destacaram no mar de banalidades. O de Daisy Yau "Relógio do vovô" foi simples e comovente, capturando o amor entre a neta e seu avô. Amaya Hazmeet escreveu e interpretou uma balada chamada "Annie desolada". Embora a letra fosse forçada às vezes, ela tocou guitarra muito bem e quebrou a monotonia dos poemas. O prêmio de pior poema vai para Sandy Dickason por sua poesia intitulada "O amor enche meu coração". É possível que tenha sido plagiado, porque parecia ter sido escrito por uma criança de seis anos de idade. Esperamos que seja suspenso por escrever poemas terríveis

Arthur,

Uau! Você foi meio duro com o oitavo ano! Lembra-se do que conversamos durante a última reunião de layout? Falamos sobre ser objetivo e não deixar que nossos sentimentos atrapalhem nosso trabalho. Acho que você é muito criativo, Arthur, mas suas matérias não estão à altura da

qualidade que eu sei que você pode atingir. Pedi a Kennedy que escrevesse algo mais positivo sobre a leitura de poesia, e eu preciso que você pense bem e decida se quer realmente fazer parte da equipe do jornal. Estou a sua disposição para conversar com você sobre o que quiser, e estarei aqui se quiser desabafar sobre algo que não lhe agrada. Mas se vai continuar no jornal, precisamos trabalhar no desenvolvimento de habilidades de redação objetiva (e morder a língua, quando necessário).
Obrigado, Arthur. Aprecio de verdade seu senso de humor e sua criatividade, e você tem muita ética de trabalho!

Sr. E.

P.S. Qual a pior flor para dar de presente no Dia dos Namorados? Couve-flor!

▶▶ ▶▶ ▶▶

Romeu e Julieta — Reflexões de uma estrela

Romeu

Ato I, Cena IV
Nesta cena tenho que ser desonesto. É importante que eu entre na festa na casa de Julieta, mas eles não podem saber que não fui convidado. Então, tenho que bolar um plano para me esgueirar para dentro. Bem sorrateiro. Não sei se é uma boa ideia, mas estou bem ansioso para entrar na maior festa do século. Todos temos que fazer coisas que não são moralmente certas, às vezes, para avançar, e talvez Julieta esteja namorando alguém

agora; mas tenho certeza de que quando ela me vir na festa, vai se apaixonar por mim, em vez de por aquele outro sujeito.
Sei que tudo vai dar certo no final. Tenho certeza. Porque tem que dar certo, não é? Eu sou o mocinho, então, as coisas vão dar certo para mim, acho.

Suas reflexões estão ficando mais fortes, Arthur. Da próxima vez, tente se concentrar em algo específico de sua vida, em vez de ser muito genérico. Encontre a poesia na emoção do dia a dia. Creio que vai lhe parecer mais fácil mergulhar no Romeu assim, em vez de focar na ação da cena.
   Acredite!

Sr. Tan

▶▶ ▶▶ ▶▶

20 de fevereiro

Querido DL,

Que semana terrível! Todos os meus professores me odeiam. Até o sr. Everett, que é sempre superlegal comigo, foi mau esta semana. E a culpa é dele. Eu só estava tentando ser honesto, e só o que ele quer para o jornal são cachorrinhos, gatinhos e dias ensolarados. Isso não é a vida de verdade, DL. Estou só dizendo como ela é.

Fiquei pensando nisso a semana toda e ainda estou louco da vida por Kennedy voltar com Sandy. Ela é quem está perdendo. Eu sou inteligente, sou legal, sou divertido. E vou ser famoso um dia. Acho que ela estava tentando me ferir porque sabe que eu devia ganhar o concurso. Eu devia ganhar o concurso de contos.

Mas não vou, não é, DL? Porque é preciso uma história para ganhar, não só algumas ideias ou um título. Provavelmente vou pegar o último lugar. Até Robbie vai ganhar de mim, porque suas ideias são boas e ele vai ilustrar o livro.

Ele provavelmente vai ganhar, mesmo tendo dito que não vai entrar no concurso.

E a minha vida vai ser uma droga, então. Como se já não fosse uma droga agora.

Sabe, DL, as pessoas não entendem o que é perder algo realmente importante na vida. Pessoas como Kennedy. Ela é uma dessas pessoas para quem tudo dá certo na vida, o tempo todo. Eu odeio essas pessoas! E agora vou perder o concurso, e vou só acrescentar isso a minha lista de coisas perdidas: minha mãe, minha namorada em potencial e meu futuro.

Cordialmente,
Arthur Bean

▶▶ ▶▶ ▶▶

**Programa de tutoria entre colegas —
Relatório de atividades
Data: 22 de fevereiro
Assunto:**

Nem Artie nem mim quisemos fazer nada hoje, então não fizemos. E Artie foi embora mais cedo — Robbie

▶▶ ▶▶ ▶▶

Tarefa: Conflitos

Esta semana estudamos conflitos em contos. Existem diversos tipos de conflito:

1) Pessoa contra pessoa: Conflito entre seus personagens.

2) Pessoa contra si mesma: Seu personagem vive uma luta interna sobre o que é certo ou errado.

3) Pessoa contra a natureza: As lutas de seu personagem contra as forças naturais, como um animal ou o tempo.

4) Pessoa contra o sobrenatural: Seu personagem luta com forças de fora da Terra, como fantasmas, alienígenas, lobisomens etc.

Pensem em um conflito presente em sua vida e descrevam-no. Se decidirem usar um conflito que está em curso, criem um bom final para sua história com base em sua imaginação. Por favor, sublinhem o clímax de sua história, como fizemos com os outros contos que lemos em sala de aula.

Data de entrega: 7 de março

MARÇO

**Programa de tutoria entre colegas —
Relatório de atividades
Data: 1º de março
Assunto: Conflitos**

Artie me ajudou *muitocom* meu trabalho sobre conflitos, pra próxima semana, disse que achava bom, mas aqui está mesmo assim, caso eu tenha que mudar.
— Robbie

Minha mãe tem um emprego. Ela viaja *pra* caramba a trabalho. Ela vai um monte *pros* Estados Unidos e deixa meu irmão e eu em casa com meu pai que só sabe fazer omelete. Um dia minha mãe chega e diz que vai pra Carolina do Norte por duas semanas. Ela viaja, mas daí a irmã dela (minha tia) sofre um acidente de carro. Meu pai tenta ligar pra minha mãe na Carolina do Norte, mas ela não está hospedada no hotel. Ela não retorna a ligação e descobre sobre a irmã (minha tia) quando chega a casa. Meu pai e a irmã dela (minha tia) ficam desconfiados porque ela está bronzeada. Meu pai e minha mãe brigam muito mais.
   A empresa de minha mãe corta funcionários e ela perde o emprego. Ela chora muito, mas depois vai pra Carolina do Norte, e meu pai fica muito bravo. <u>Meus pais levam eu e meu irmão pra o Havaí pra dizer que estão se divorciando.</u>

Minha mãe já está namorando um *vendendor* na Carolina do Norte e vai se mudar. Meu pai chora muito, apesar de que meu pai nunca chora. Meu pai coloca a casa à venda, mas ninguém compra. Ainda moramos lá, mas meu pai fica muito nervoso com as contas por ter que pagar tudo sozinho. Nós comemos muito omelete.

Sra. Whitehead: Robbie ainda não acredita que "pra" é "para a". Precisa lhe dizer. Afora isso, acho que deve lhe dar A pelo trabalho. Acho que é bastante dramático.

— Arthur

▶▶ ▶▶ ▶▶

Conflitos em minha vida

Arthur Bean

Arthur Bean mudou de escola e se viu cercado de gente nova. Arthur conheceu uma garota na aula de educação física. Ela é ótima no vôlei, mas também é legal com quem não joga voleibol. Ela é muito competitiva também, e xingou o outro time quando perdeu seu primeiro jogo. Depois, ficou muito envergonhada e pediu desculpas para a classe. Como ela foi honesta, o professor não lhe deu advertência.

 Arthur é parceiro da menina do vôlei para um concurso municipal de escritores. A menina do vôlei quer passar mais tempo com Arthur, mas a agenda lotada dele não permite que se vejam sempre. Isso deixa a menina do vôlei chateada, mas

Arthur tem que fazer tudo por sua arte. A menina do vôlei viaja no Natal para esquiar, mas escreve longas cartas de amor a Arthur. <u>Arthur se sente em conflito por participar do concurso de contos, porque a história da menina do voleibol também vai concorrer para melhor história</u>. No entanto, ele também sabe que ela é muito legal, e que não deve se sentir mal quando ele ganhar.

A menina do vôlei ficou loucamente apaixonada por Arthur enquanto ensaiavam *Romeu e Julieta*, e decidiu não entrar no concurso de contos para que Arthur pudesse ganhar. Então, decide se esforçar para se tornar famosa como atriz e jogadora de vôlei.

Arthur se emociona com a generosidade da menina do vôlei ao se afastar pela carreira dele. Desde então, os dois estão felizes. Arthur cede ao amor dela por ele e se casa com a menina.

Caro Arthur,

Você não apresentou um conflito real <u>entre</u> seus personagens. Em um conto, o conflito deve acontecer rapidamente, para envolver o leitor. Quando trabalharmos com contos na classe, desenvolva a ação que incite o início do conflito. Tenho certeza de que você tem exemplos melhores de conflito que esse na vida!

Sra. Whitehead

▸▸ ▸▸ ▸▸

Romeu e Julieta — **Reflexões de uma estrela**

Romeu

Ato II, Cena IV
Nesta cena estou pensando em mudar meu nome, porque assim serei mais feliz com meu verdadeiro amor. Esse é nosso primeiro encontro, quando vou falar com ela, e isso é emocionante e terrível. É um encontro feliz, porque descubro que Julieta sente o mesmo por mim que eu por ela. Isso me faz lembrar quando Kennedy me escreveu um e-mail dizendo que estava animada por ser minha parceira em um grupo de escrita. Eu soube, então, que o universo havia nos ligado para sermos almas gêmeas. Mas também é uma tortura, porque não podemos ficar juntos.

É como a decepção que sinto quando meus primos vêm para a cidade, e nós nos divertimos muito juntos, mas depois eles vão embora. Eu gosto muito quando eles vêm, mas fico muito triste por não morarem mais perto para que pudéssemos sair o tempo todo. Isso é romântico, mas é uma droga do mesmo jeito, como é para Romeu não poder namorar Julieta porque seus pais se odeiam. Sorte minha, acho que os pais de Kennedy não conhecem meu pai. Não que eles fossem odiá-lo, ele é um cara legal, mas é muito caladão e não faz muita coisa. Talvez o odiassem por isso. Mas duvido.

Lindo trabalho, Arthur. Essas emoções verdadeiras serão uma luz poderosa na dramatização quando passarmos a cena. Os melhores atores são capazes de dirigir suas emoções pelas palavras de outra pessoa. Agora que você já tocou alguma coisa ligada a sua alma, tente usar isso como sua motivação para chegar ao final da cena.

Sr. Tan

▶▶ ▶▶ ▶▶

Programa de tutoria entre colegas — Relatório de atividades
Data: 9 de março
Assunto: Coisas

náda a declarar
— Robbie

Idem.
— Arthur Bean

▶▶ ▶▶ ▶▶

10 de março

Querido DL,

GRANDE NOVIDADE! ROBBIE ZACK é o admirador secreto de Kennedy! COMO SE TIVESSE ALGUMA CHANCE! Ele me contou hoje durante a tutoria! Ele ficou comentando de uma garota de quem gostava, que está totalmente apaixonado e tal. Então, por fim eu perguntei do que estava falando, e ele rasgou o verbo (hahaha, como se ele já não rasgasse a ortografia e a gramática, DL!). Ele disse que seu pai finalmente vendeu a casa e que vão se mudar, e que Kennedy está muito ocupada com o *namorado* para perceber que ele vai para outro bairro. Então me falou que mandou a rosa, mas que seu gesto romântico se perdeu porque Sandy voltou. Isso me deixou feliz por não ter mandado uma rosa a ela também. Teria acontecido a mesma coisa! Então, ele pediu conselho PARA MIM. Não tenho conselho nenhum para ele. Eu só disse que ela é muito legal e que não teve a intenção de ignorá--lo. Mas não é de ADMIRAR que ele esteja tão chateado por não conseguir o papel de Romeu!
    Sabe, DL, não sei se lamento por Robbie ou se fico feliz por ele estar mal. Bom, acho que eu devia ficar mais chateado com ele, porque agora estamos disputando a mesma garota, mas sem chances de ele conseguir alguma coisa. Bom, ele disse que mora ao lado dela, então, é claro, as pessoas são legais com os vizinhos. Aposto que Kennedy o vê mais como um irmão. Na verdade, acho que me sinto meio mal pelo garoto. Eu sei

como se sente, mas deve ser pior para ele, pois não tem nenhuma chance com ela.

Cordialmente,
Arthur Bean

⏩ ⏩ ⏩

Tarefa: Conto

É hora de reunir todos os elementos que estudamos recentemente e exercitar nossa criatividade para escrever contos! Este grande projeto será entregue em junho, portanto, fiquem à vontade para falar comigo durante o processo.
Vocês podem usar qualquer elemento de um trabalho anterior como ponto de partida, se desejarem.

<u>Alguns lembretes:</u>
Escolham seu protagonista e o ponto de vista. Quem está contando a história? Sobre quem é a história?
Desenvolvam seus personagens. Façam deles pessoas reais com problemas reais.
Usem diálogos. Isso ajuda a desenvolver seus personagens e sua história.
Escolham um conflito. O que seu personagem está tentando alcançar? Que obstáculos estão em seu caminho?
Resolvam sua história. Não deixem seu leitor em suspense.
Escolham um enredo curto o suficiente para caber em um conto. Não tenho tempo para corrigir trinta romances!
A parte mais difícil de escrever é começar. Não se intimidem com uma página em branco; vocês pode voltar e corrigir as coisas depois que começaram. Não pensem; escrevam!
Não deixem sua história para a última hora! Estou dando bastante tempo para trabalhar nela, e espero que o usem com sabedoria e escrevam um esboço e alguns rascunhos. No meio de um oceano de histórias polidas é fácil detectar um trabalho feito às pressas no fim de semana antes da data de entrega.

Data de entrega: 6 de junho

SRA. WHITEHEAD

Lamentamos anunciar que sra. Whitehead quebrou o quadril em um acidente de esqui neste fim de semana e não virá à escola por algumas semanas. Ela está se recuperando confortavelmente em casa, e está de bom humor, apesar do acidente.
Se algum aluno quiser assinar um cartão de melhoras para sra. Whitehead, passe pelo gabinete antes de quinta-feira.

⏩ ⏩ ⏩

14 de março

Querido DL,

Não acredito que sra. Whitehead quebrou o quadril! Eu sabia que ela era velha, porque só pessoas velhas quebram o quadril. Mas ela não pode ser tão velha — ela foi esquiar! Ela deve estar muito bem para a idade que tem.
    Estou chateado por sra. Whitehead. Vou escrever algo legal no cartão de melhoras. Tenho certeza de que vai animá-la.
    Imagino se isso significa que não temos mais que fazer a tarefa do conto.

Cordialmente,
Arthur Bean

⏩ ⏩ ⏩

Romeu e Julieta — **Reflexões de uma estrela**

Romeu

Ato II, Cena III
Nesta cena eu questiono se Julieta quer realmente ficar comigo. Digo, se quer ficar comigo DE VERDADE. Parece que estou fazendo tantos planos para nosso futuro juntos, e tudo que ela faz é falar com sua ama sobre as coisas, e ocasionalmente dizer coisas legais sobre mim de sua varanda. É muito irritante. Então, estou relaxando e fazendo um balanço do que é realmente importante. Eu sei que a amo, mas ela me ama também? Ela parece gostar de Mercúcio. Bom, talvez ela me ame em segredo, e seria ótimo, mas em algum momento ela vai ter que se comprometer e ser minha namorada.

Acho que você interpretou mal esta cena, Arthur. Não é exatamente isso que Romeu está fazendo na peça, e acho que ele nunca questiona o amor de Julieta desse jeito. Se tiver alguma pergunta sobre a linguagem que Shakespeare usa, podemos discutir isso depois do ensaio. Acho que é melhor você ler com o coração, não com a cabeça. Confie em sua alma!

Sr. Tan

▶▶ ▶▶ ▶▶

Tarefa: Planilha de Compreensão de Texto

Vamos continuar nossa leitura ativa discutindo as diferentes técnicas que podem ser utilizadas para manter o interesse do leitor. Por favor, leiam o primeiro conto em sua antologia. A seguir, anotem na planilha suas próprias reflexões sobre a história e entreguem-na a sra. Carrell no final da aula.

Não haverá extensão de prazo para a entrega desta tarefa. É imperativo que utilizem seu tempo de aula de forma eficaz.

Arthur Bean
7A

Planilha "O lago"

1. Quem é o protagonista da história? Como você sabe?
O protagonista é o personagem principal da história. Eu sei porque é de quem o autor fala mais.

2. Em que época do ano a história acontece?
A história se passa em uma fazenda, porque todas as mais chatas histórias canadenses acontecem em fazendas. Esta é diferente porque acontece no verão, e canadenses normalmente só escrevem sobre o inverno.

3. Qual é o clima da história? Como você sabe?
O clima é calmo e sonolento. Eu sei porque adormeci lendo.

4. Descreva o enredo da história em 3 a 5 frases.
O personagem principal, Johnnie, vai para o lago. Ele deixa cair uma bola no lago e chora porque seu pai é malvado. Johnnie pega a bola depois de pensar sobre isso por um longo tempo. Ele decide abandonar a fazenda, mas deixa a bola em sua cama.

5. Qual é o tema da história?
O tema da história é que as bolas preferem dormir a nadar.

6. Muitos escritores usam símbolos em suas histórias. O que você acha que a bola simboliza?
A bola simboliza o amor de Johnnie por seu pai. Pode simbolizar o mundo também, já que é redonda. Também poderia simbolizar que o autor quer se afogar porque ele sabe que é muito chato e acaba com a vida de estudantes em todos os lugares escrevendo a pior história do mundo.

Cara sra. Whitehead,

A sra. Carrell me fez escrever-lhe uma carta para explicar minhas respostas na planilha. Eu expliquei que não me dou bem com espaço restrito, e que fiz o melhor que pude ao responder às perguntas. Não é minha culpa que ela veja minhas respostas como "impertinentes" e "desrespeitosas para com o processo de aprendizagem". Eu acho que minhas respostas na planilha mostram meu pensamento criativo e minha tentativa de ir acima e além do exercício. Pelo menos, quando a sra. estava aqui, nós não tínhamos que ficar preenchendo os espaços em branco em uma planilha estúpida.

Fique boa logo.

Cordialmente,
Arthur Bean

16 de março

Querido DL,

Tive uma ótima ideia para a história! Acho que vai ser sobre um domador de cobras. Vai trabalhar no circo como treinador de cobras, e vai ter um monte de cobras realmente perigosas trabalhando para ele, e pode hipnotizá-las e tal. Ele faz as cobras cometerem algum tipo de crime, e depois, o circo vai para a próxima cidade, por isso ele é como um gênio do crime, e decide fazer algo grande. Não sei o que vai acontecer, mas acho que é um bom começo. Vou começar a escrever este fim de semana. Pode ser bem misterioso, e posso descrever um monte de cenas noturnas com nevoeiro. Acho que sim, DL! Acho que já tenho uma história vencedora!

Cordialmente,
Arthur Bean

▶▶ ▶▶ ▶▶

Tarefa: Limeriques

Como hoje é dia de São Patrício, pensei em escrevermos limeriques em sala de aula. Como vocês sabem, o limerique tem esquema de rimas e contagem de sílabas muito específicos. A nota será dada com base no respeito à especificidade do limerique. Lembrem-se, o limerique pode ser um poema atrevido e divertido, mas isto é a sala de aula de uma escola. Não quero ver ninguém cruzar a linha do bom gosto, portanto, façam poemas limpos, ou terei que conversar com a sra. Whitehead sobre seu comportamento para que os discipline quando voltar.
Sra. Carrell

Data de entrega: 17 de março

Não haverá extensão de prazo para a entrega desta tarefa. É imperativo que utilize seu tempo de aula de forma eficaz.

Tarefa: Meu limerique

Arthur Bean

Mas que menininha mais lerda
E gordinha como uma cerda
Rola até cansar
E mais tarde vai cagar
E fazer um quilo de merda

Sr. Bean, a linguagem e o assunto são claramente inadequados, apesar das instruções claras para a tarefa. Venha falar comigo depois da aula.

Sra. Carrell

▸▸ ▸▸ ▸▸

Tarefa: Biografia de Escritor Famoso

A sra. Whitehead me pediu para começar a próxima unidade, Escritores Famosos. Vamos estudar a vida de alguns dos grandes poetas e romancistas de outrora. Gostaria que cada um de vocês escrevesse 2 a 4 parágrafos sobre seu escritor favorito. Por favor, falem sobre a vida e carreira do escritor. Vocês se inspiraram na história de vida ou em algo que ele escreveu? Por que esse é seu escritor favorito? Seu livro favorito é dele? Certifique-se de que sua gramática e ortografia estejam corretas e de usar diferentes tipos de frases.

Data de entrega: 24 de março
Não haverá extensão de prazo.

18 de março

Querido DL,

Tentei começar minha história do domador de cobras, mas não saí do lugar. Não tenho nada a dizer sobre isso. Tudo que consegui foi descrever o nevoeiro, e ficou tão chato que eu quase dormi. Além disso, não consegui criar um enredo. Só o que tenho é um domador de cobras que podem ser treinadas para cometer crimes. Não é suficiente. Nem gosto mais da ideia. Bom, de volta ao começo. Ver tevê ajuda, não é? Porque é só o que eu tenho vontade de fazer.

Cordialmente,
Arthur Bean

▶▶ ▶▶ ▶▶

De: Kennedy Laurel (imsocutekl@hotmail.com)
Para: Arthur Bean (arthuraaronbean@gmail.com)
Enviado: 19 de março, 14h55

Olá, Arthur!

Finalmente terminei minha história!! Pelo menos acho que terminei! Está muito diferente daquela primeira parte que eu lhe enviei, rs! Mas eu gostei! Tenho certeza de que você está LOUCAMENTE ocupado agora, mas, se tiver tempo, pode lê-la antes de eu entregar? Acho que você vai me dar uma boa opinião, e que vai ser honesto caso haja algo que eu precise mudar!

Eu mostrei aos meus pais, mas eles só disseram que está incrível, rs! Ah, pais!! Às vezes, eles são muito legais, mas pouco úteis, rs! Enfim, é muito longa, por isso, se estiver ocupado demais para ler, tudo bem também! Eu sei que você está ocupado terminando sua história também!!

Kennedy ☺

De: Arthur Bean (arthuraaronbean@gmail.com)
Para: Kennedy Laurel (imsocutekl@hotmail.com)
Enviado: 19 de março, 15h13

Querida Kennedy,

Vou adorar ler sua história! Estou bem ocupado dando os retoques finais na minha também, mas nunca ocupado demais para você. Minha mãe dizia que eu tenho olhos de águia para os detalhes, por isso vou poder lhe dar uma boa opinião, com certeza.

Sei o que dizer sobre a opinião dos pais. Às vezes meu pai lê o que eu escrevo e diz que eu devia publicar. Minha mãe era boa para encontrar erros, mas às vezes ficava louca ao achar erros gramaticais. Afinal, quem é que sabe o que é um particípio? Quem se importa?

Cordialmente,
Arthur Bean

De: Kennedy Laurel (imsocutekl@hotmail.com)
Para: Arthur Bean (arthuraaronbean@gmail.com)
Enviado: 19 de março, 20h34

Hahaha! Eu tive que procurar particípio no dicionário para saber do que você estava falando!
   Obrigada, Arthur! É muito gentil de sua parte arranjar tempo para fazer isso por mim! Vai anexo aqui.

Kennedy ☺

Anexo: "**Estranhos entre nós**"

ESTRANHOS ENTRE NÓS

Os cérebros do alien eram lavanda e cinza, e se espalharam pela blusa de ombro de fora marrom e rosa de Sophie, perfeitamente combinando com sua calça skinny. Ela sacudiu seu rabo de cavalo alto por cima do ombro, mostrando seus pequenos brincos de rosa cor-de-rosa.
   — Muito bem? O que vamos fazer com isso agora? — perguntou ela calmamente, jogando sua bazuca sobre o ombro esquerdo.

Ela limpou o sangue das mãos nos bolsos de trás da calça e olhou para seu parceiro.

— Eu diria que devemos enterrá-lo. Fundo. Bem fundo — respondeu Tom com sua voz grave e sombria.

Ele olhou para seu próprio macacão azul marinho, com uma camisa de flanela vermelha e verde por cima, também salpicado pelas entranhas do alien.

— Bom, acho melhor começarmos a cavar — suspirou Sophie, pegando a pá...

Sophie acordou com um sobressalto. Ela havia tido aquele sonho de novo. Sentou-se e estremeceu. Os sonhos estavam piorando. Sonhos? Não. Ela sabia que eram mais que isso. Os aliens eram reais. Ela os havia visto, havia até estrangulado um até que seus globos oculares explodiram em sua cabeça. Fora uma gigantesca mistura de tendões carmim, brancos e azuis claros, por todo seu vestido verde-azulado favorito; aquele com debrum preto e botões enormes na gola. Ela não podia ter inventado isso. E tinha a nota da lavanderia para provar. Sophie fechou os olhos e desejou que amanhecesse.

Na manhã seguinte, Sophie acordou cedo com um plano na cabeça. Ela sabia que seu tio Tom tinha um celeiro cheio de armas. Só precisava chegar lá antes dos aliens.

Ela olhou em volta procurando o caminho mais rápido para sair da cidade e viu seu carro favorito, uma Corvette conversível vermelha, brilhante. Correu até o carro e olhou para dentro. Felizmente, as chaves ainda estavam na ignição.

— Bem, não tenho tempo para ficar bonita — disse Sophie jogando seu longo rabo de cavalo castanho para o lado e colocando seu capuz roxo favorito. — Tenho uma guerra para lutar!

Sophie se sentou diante do volante e o conversível rugiu para a vida. Engatou a marcha e saiu, descendo a estrada rumo à fazenda de seu tio.

Sophie esperava que tio Tom ainda tivesse a bazuca no celeiro, ao lado das vacas. Quando criança, Tom sempre lhe contara histórias de aliens. Ela sabia que os aliens haviam tentado dominar o mundo e falharam três vezes, mas a cada vez deixaram alguns para trás. Tom os chamava de espiões. Eles se disfarçavam de modo que pareciam seres humanos muito feios e tinham lojas de um dólar e pizzarias expressas. Se eles estavam preparando seu pleno ataque agora, Sophie tinha certeza de que não comeria pizza por um bom tempo.

Ela rapidamente chegou à fazenda de Tom.

— Oh, não!

A casa e o celeiro estavam em chamas. Sophie correu para a casa da fazenda chamando Tom, em meio a lágrimas.

— Ele tem que estar vivo ainda! Tem que estar vivo!

E então, ela ouviu um grito abafado no celeiro. Ouviu de novo, e então seu nome foi levado pelo vento.

— Tio Tom! — gritou ela.

E correu para o celeiro em chamas, onde encontrou Tom em um canto debaixo de um monte de feno. Ele estava bastante ferido, mas vivo!

— Eles levaram quase tudo — disse Tom. — Eles estão aqui, e vão nos dominar! Você precisa detê-los!

— Mas como posso fazer isso? — perguntou Sophie.

— Fabrique uma bomba. Eles foram para o hospital aqui perto. São alienígenas do mal, sorrateiros. Bombardeie o hospital e acabe com eles — disse Tom. — Pegue todo o fertilizante da fazenda. Vai poder fabricar uma bomba grande o suficiente para acabar com eles.

Tom fechou os olhos e ficou inerte.

— Tom! Não! — soluçou ela.

Sophie chorou por algum tempo, e a seguir, enxugou os olhos e se levantou.

— Agora tenho que salvar o mundo. Por Tio Tom. Por mim — disse a si mesma. — Rápido, Sophie. Ao trabalho!

Sophie trabalhou duro para juntar todos os fertilizantes, um pouco de gasolina e fósforos.

Carregou tudo na caminhonete de Tom e voltou para a cidade em silêncio. Chegou ao hospital. Estava estranhamente silencioso.

— Os aliens devem estar aqui — disse Sophie. — É melhor eu fazer a bomba de fertilizante.

Ela decidiu colocar pilhas de fertilizantes nos quatro cantos do hospital, com cuidado para que nenhum alien ou pessoa a visse. Voltou seus pensamentos para seus velhos amigos, agora mortos por causa dos ataques alienígenas, e estremeceu. Podia ter sido ela. Mas, em vez de pensar muito nisso, ela continuou trabalhando, e logo tinha quatro grandes montes de fertilizantes nas esquinas do hospital.

Nesse momento, ela ouviu um ruído. Era um rosnado, e foi ficando cada vez mais alto. Sophie olhou ao redor, mas não viu nada. O barulho passou a ser estridente, e logo ela não conseguia ouvir nada, exceto os guinchos. Pareciam mil unhas raspando um quadro-negro. Por fim Sophie ergueu os olhos. Pairando acima dela havia um disco gigante. Era a nave alienígena! Estava tão perto que ela podia ver cabeças alienígenas nas janelas. As pequenas bocas estavam abertas, como se estivessem falando, mas tudo que Sophie podia ouvir era um guincho.

De repente, sentiu um som sibilante passar por ela, e pulou para dentro do carro. Alguma coisa explodiu! Ela gritou, mas sua voz foi abafada pelo barulho horrível dos alienígenas.

— Não! Não vou deixar que façam isso com meu mundo! — gritou Sophie, e correu para a pilha de latas de gasolina.

Puxou a caixa de fósforos do bolso. A nave alienígena se aproximava, e quando olhou para cima, Sophie pôde ver as pequenas narinas se franzindo como um nariz de coelho.

Sophie viu com horror, pela janela, um alien se abaixar em direção ao corpo de uma garota, e a seguir, subiu de novo, como se o corpo humano fosse um casaco. A garota alien se levantou e franziu o nariz, e então olhou para Sophie. Sophie entrou em ação. Tentou quatro vezes até que um fósforo pegou fogo, e então o jogou nas latas de gasolina. De repente, houve uma explosão de fogo, e a nave subiu mais alto no céu, como se uma mão gigante a puxasse para cima. Sophie se agachou perto do chão e viu o rastro de fogo pelo campo em direção ao hospital. O flash a ofuscou quando o fogo atingiu a primeira pilha de fertilizantes, e ela se ajoelhou com os braços sobre a cabeça. O som era ensurdecedor; Sophie sentia o calor de cada pilha que explodia. Ela ergueu os olhos e viu um pedaço gigante de concreto voar em direção a ela.

— NÃÃÃO! — gritou, mas não havia aonde ir.

O mundo escureceu.

Sophie acordou deitada em uma cama de hospital, com um curativo gigante cobrindo a maior parte de sua cabeça. Ela tentou se sentar, mas descobriu que seus braços estavam amarrados na grade da cama. Uma enfermeira entrou no quarto.

— Ah, você acordou! Isso é ótimo! — disse a enfermeira com voz animada.

— O que aconteceu? — perguntou Sophie, grogue.

— Bem, houve uma explosão de fertilizantes na fazenda de seu tio. Você foi atingida por um pedaço de concreto e quase morreu. Felizmente, estamos aqui para cuidar de você — disse a enfermeira.

E então, seus olhos se estreitaram.

— Você tem sorte de estarmos aqui. Estamos aqui para cuidar de todos na Terra. Para sempre — disse a enfermeira.

Ela franziu o nariz. Sophie olhou para ela, e tinha certeza de ouvir, do fundo do corredor, o som de unhas raspando um quadro-negro.

The End

19 de março

Querido DL,

É oficial.

Estou totalmente ferrado.

▶▶ ▶▶ ▶▶

CONCURSO DE ESCRITORES MIRINS
Este é um lembrete para que não esqueçam que devem entregar suas histórias dia 1º de abril, no final do dia. Só mais uma semana para dar os toques finais em sua história! Boa sorte a todos que participam do concurso; tem sido um prazer trabalhar com todos vocês e ver a criatividade fluir.
A escolha dos finalistas será difícil!

20 de março

Querido DL,

Tudo bem, DL, não estou brincando desta vez. Temos que criar uma história. Eu sonhei com uma esta noite, mas esqueci agora. Não é justo!

Queria ter eletrodos em meu cérebro, conectados a um computador que fosse escrevendo tudo. Eu devia inventar isso. Daí, eu poderia ser um inventor famoso, porque, a esse ritmo, tenho certeza de que escritor famoso não vou ser!

Enfim, DL, preciso de ajuda. Não posso perder esse concurso. Essa opção não existe.

Vou fazer de tudo para ter uma ideia agora. Tentei ligar para Luke, mas ele viajou para um torneio de hóquei neste fim de semana, então não posso nem falar com ele. O que vou fazer?

Cordialmente,
Arthur Bean

⏵⏵ ⏵⏵ ⏵⏵

De: Kennedy Laurel (imsocutekl@hotmail.com)
Para: Arthur Bean (arthuraaronbean@gmail.com)
Enviado: 21 de março, 19h08

Olá, Arthur! Você já teve oportunidade de ler minha história?? Não tive mais notícias suas! Talvez a tenha achado terrível e não sabe como me dizer ☹
 Acha que está boa? O final faz sentido? Tentei chamá-lo no almoço hoje, mas acho que você não me viu!
 Haverá ensaio amanhã na hora do almoço, então talvez você possa me dar sua opinião! Vou <u>adorar</u>! Normalmente você responde tão rápido, fiquei preocupada!

Kennedy ☺

⏵⏵ ⏵⏵ ⏵⏵

De: Kennedy Laurel (imsocutekl@hotmail.com)
Para: Arthur Bean (arthuraaronbean@gmail.com)
Enviado: 22 de março, 16h23

Olá, Arthur!

O sr. Tan disse que você falou que tinha trabalho extra de matemática para fazer e que não poderia ir ao ensaio! Senti sua falta! Acabamos trabalhando minha cena com Ben! Ele vai ser uma ama IMPRESSIONANTE... tão engraçado! Eu estava ansiosa para falar com você sobre minha história! Você deve estar muito ocupado acabando a sua! Não tive mais notícias suas! Talvez possamos nos encontrar antes do ensaio e você me dá sua opinião! Eu ia adorar! Até amanhã, tomara!

Kennedy ☺

De: Kennedy Laurel (imsocutekl@hotmail.com)
Para: Arthur Bean (arthuraaronbean@gmail.com)
Enviado: 22 de março, 23h44

Olá, Arthur! Estou começando a pensar que você está me evitando! POR FAVOR, POR FAVOR, pode me mandar um e-mail curtinho dizendo que minha história está okay! Eu a li de novo várias vezes para ver se há algo que eu devesse mudar, mas não sei o que seria! Está cheio de erros de ortografia? É chata?? Estou ficando louca aqui! Só quero que seja bom o suficiente para eu não passar vergonha!

Kennedy ☺

⏵⏵ ⏵⏵ ⏵⏵

**Programa de tutoria entre colegas —
Relatório de atividades
Data: 23 de março
Assunto: Coisas**

Artie leu o rascunho de meu conto e disse que estava bom. *Agente* corrigiu um monte de *eros* e ele me mostrou onde eu repeti muito as palavras. Ele arrumou e agora ficou melhor.
— Robbie

O ensaio de Robbie sobre Chris Van Allsburg foi interessante. Eu não sabia que dava para ilustrar um ensaio. Gostaria que mais ensaios fossem ilustrados. Eu não sabia nada sobre o sujeito, e agora aprendi alguma coisa. Esse Chris é um bom ilustrador, e gostei que Robbie acrescentou algumas fotos do cara no ensaio. Eu nunca li nada dele, mas Robbie me mostrou uns livros muito legais; são legais mesmo sendo livros ilustrados para crianças. Não sei se são mesmo para crianças.
   O parágrafo de Robbie sobre magia nos livros é interessante também.
— Arthur

▶▶ ▶▶ ▶▶

Meu escritor favorito

By Arthur Bean

Arthur Bean nasceu em um hospital em Winnipeg, Manitoba. Seus pais, Ernest e Margaret Bean, ficaram extasiados e proclamavam seu talento precoce. Mudaram-se para Calgary quando o filho tinha apenas dois anos de idade, e Arthur logo se tornou uma personalidade na cena literária. Ele já lia livros antes de fazer sete anos, e logo decidiu ser escritor quando crescesse. Seu primeiro poema, "Chuva", foi publicado no jornalzinho da escola no quinto ano, dando início a sua carreira.

Depois de "Chuva", as histórias de Arthur assumiram um tom mais sério. A natureza lúdica de seu primeiro poema foi sutilmente ridicularizada em seu primeiro conto chamado *Raios e trovões na Disneylândia*. Ele começou a desenvolver seus personagens de maneira mais realista em *Sockland*, uma história que recebeu críticas altamente positivas da sra. Lewis, uma conceituada professora da sexta série.

A carreira de escritor de Arthur sofreu um hiato após a morte de Marg Bean, ano passado. Ela era sua musa e sua maior fã. Mas ele voltou com força total com um forte manuscrito no concurso municipal de contos. Ele espera ganhar US$ 200, seu primeiro prêmio daquela que promete ser uma longa carreira de escritor. Ele também é ator amador e jornalista investigativo.

A carreira de Arthur significa muito para mim porque é minha. Eu acho que ele reflete o que sinto e penso no que escreve, e é muito inteligente.

Sr. Bean,

Essa é uma interpretação inaceitável da tarefa. Esse tipo de zombaria sarcástica da tarefa é pueril, banal e rude. Espero que leve esta carta a seus pais e a devolva assinada amanhã.

Sra. Carrell

24 de março

Querido DL,

A sra. Carrell está acabando com minha vida. Como é que eu vou escrever uma história se ela está claramente tentando me fazer perder o concurso? Ela sabe que o prazo acaba em uma semana e ainda nos dá lição de casa. Além disso, ela acaba toda a graça de escrever. Ela fica gritando comigo, e quando não está gritando fica me olhando daquele jeito, como se estivesse prestes a gritar. Ela grita comigo mesmo quando eu não faço nada! Como hoje, a ponta do meu lápis quebrou e eu precisava apontá-lo, e quando fui esvaziar o apontador no lixo, ela disse que eu estava atrapalhando a aula! Eu só estava esvaziando o apontador de lápis, e então ela me mandou para o corredor! O que eu fiz para ela?

Cordialmente,
Arthur Bean

De: Arthur Bean (arthuraaronbean@gmail.com)
Para: Kennedy Laurel (imsocutekl@hotmail.com)
Enviado: 24 de março, 21h09

Querida Kennedy,

Desculpe por não responder antes. Eu não tive oportunidade de ler sua história. Estava esperando encontrar tempo para lê-la, mas estive muito ocupado. Tenho certeza de que ela é impressionante! Acho que você deve ser minha concorrente mais feroz! E há a verificação ortográfica do computador, que pega os erros de ortografia, de modo que acho que você não precisa se preocupar. De qualquer forma, tenho que voltar a escrever minha própria história, mas boa sorte com a história final! Tenho certeza de que será perfeita!

Cordialmente,
Arthur Bean

De: Kennedy Laurel (imsocutekl@hotmail.com)
Para: Arthur Bean (arthuraaronbean@gmail.com)
Enviado: 24 de março, 21h19

Obrigada, Arthur!
Claro que você não teve chance de ler minha história! Você é a pessoa mais ocupada do mundo! Eu devia ter pensado nisso, especialmente sabendo que você está competindo, e que escreve para o jornal, e escreve um romance, e escreve sua própria história para o concurso! É uma loucura! Pode imaginar como vai ser quando formos adultos com EMPREGOS, rs! Bem, estou muito aliviada por receber seu e-mail! E você disse coisas tão boas! Você é MUITO doce!

Kennedy ☺

▶▶ ▶▶ ▶▶

27 de março

Querido DL,

Temos que entregar as histórias em breve e eu não escrevi nada! Nem uma palavra. Por que achei que eu poderia ser escritor? Eu tenho um monte de ideias na cabeça, mas não sei colocá-las no papel. Ou então as conto a Nicole ou Luke, e quando tento anotá-las, todas as minhas ideias desaparecem. É como se alguém as levasse assim que as pronuncio em voz alta. Não consigo fazer meu cérebro trabalhar. Não consigo nem fazer meus dedos digitarem. Ou se tenho uma ideia que não conto a ninguém, não sei por onde começar. Então penso nas ideias e são estúpidas. Todas são estúpidas. Eu sou estúpido. Nunca vou ser famoso. Nunca. Onde vou arranjar uma história em três dias?

Cordialmente,
Arthur Bean

▶▶ ▶▶ ▶▶

Programa de tutoria entre colegas —
Relatório de atividades
Data: 29 de março
Assunto: Contos

A história de Robbie é boa, exceto pelos erros e tal.
— Arthur

Artie me *ajdou* com minha *istória*, porque eu *cabei* cedo.
— Robbie

Senhores:

Entendo que estão estudando juntos semanalmente, mas, para mim, esta é uma sinopse inaceitável de seu trabalho. Tenho certeza de que não servia para a sra. Whitehead e certamente não serve para mim. No futuro, espero ver algo concreto sobre o que trabalharem.

Sra. Carrell

▶▶ ▶▶ ▶▶

De: Arthur Bean (arthuraaronbean@gmail.com)
Para: Robbie Zack (robbiethegreat2000@hotmail.com)
Enviado: 30 de março, 2h04

Caro Robbie,

Eu sei que você não me deve favor nenhum, mas tenho que lhe pedir um enorme. Preciso usar o conto que você me mostrou outro dia. Acho que é bom demais. Tenho uma longa explicação, mas nada para apresentar no concurso de contos. É difícil de explicar. Não tenho uma história, e preciso de uma, e você tem boas ideias, e a história de fantasmas que você escreveu seria perfeita. Eu lhe dou o que quiser. Eu posso pagar. Simplesmente preciso da história, e serei imensamente grato.

Cordialmente,
Arthur Bean

De: Robbie Zack (robbiethegreat2000@hotmail.com)
Para: Arthur Bean (arthuraaronbean@gmail.com)
Enviado: 30 de março, 8h22

Não entendi. por que precisa da minha *istória*? Por que eu a deveria dar a *istória* a você? Não quero seu dinheiro. diga por que precisa dela e eu decido.

De: Arthur Bean (arthuraaronbean@gmail.com)
Para: Robbie Zack (robbiethegreat2000@hotmail.com)
Enviado: 30 de março, 8h43

Caro Robbie,

Preciso de sua história porque eu prometi a meu pai que ia vencer o concurso, porque ele está triste porque minha mãe morreu, e minha avó me disse que ela vai morrer de um ataque cardíaco se eu não ganhar, e apostei 5 dólares com minha vizinha Nicole que ia ganhar, e é muito importante para eles que eu ganhe, porque, senão, serei um fracasso e decepcionarei toda minha família, porque eu tenho que ser um escritor famoso, e não posso ser um escritor famoso sem ganhar um concurso.
Por favor, não conte a ninguém. Eu preciso entregar uma história amanhã, e preciso de sua ajuda.

Cordialmente,
Arthur Bean

De: Robbie Zack (robbiethegreat2000@hotmail.com)
Para: Arthur Bean (arthuraaronbean@gmail.com)
Enviado: 30 de março, 12h08

É um monte de razão, Artie. Concordo, vc fica me devendo. Negócio seguinte: fala para o sr. Tan que vai sair da *pessa* e que eu fico com o papel de Romeu, e eu lhe dou minha *istória*

De: Arthur Bean (arthuraaronbean@gmail.com)
Para: Robbie Zack (robbiethegreat2000@hotmail.com)
Enviado: 30 de março, 12h22

Caro Robbie,

Acho que não é um bom negócio. Eu tenho bastante dinheiro. Posso pagar quanto você quiser, mas eu queria <u>muito</u> ficar na peça.
   O que acha de 50 dólares?
   Posso lhe dar 50 dólares por sua história.

Cordialmente,
Arthur Bean

De: Robbie Zack (robbiethegreat2000@hotmail.com)
Para: Arthur Bean (arthuraaronbean@gmail.com)
Enviado: 30 de março, 15h44

Eu não quero seu $. Romeu pela *istória*.

De: Arthur Bean (arthuraaronbean@gmail.com)
Para: Robbie Zack (robbiethegreat2000@hotmail.com)
Enviado: 30 de março, 16h19

Caro Robbie,

O que acha de 100 dólares? Eu teria que pagar em duas vezes, mas posso arranjar o dinheiro.
   De qualquer maneira, acho que você não ia querer ser Romeu. São muitas falas para decorar, e o sr. Tan é muito rigoroso nos ensaios.

Além disso, as reflexões são um saco de escrever, e os ensaios são muito longos e chatos. Tenho certeza de que você tem coisas melhores para fazer.

Cordialmente,
Arthur Bean

De: Arthur Bean (arthuraaronbean@gmail.com)
Para: Robbie Zack (robbiethegreat2000@hotmail.com)
Enviado: 30 de março, 19h05

Caro Robbie,

Você quer mais dinheiro? Eu posso lhe dar o dinheiro do prêmio! Eu o queria para dar algo a meu pai, mas posso dá-lo a você se quiser. Por favor, não me faça desistir da peça!

Cordialmente,
Arthur Bean

De: Arthur Bean (arthuraaronbean@gmail.com)
Para: Robbie Zack (robbiethegreat2000@hotmail.com)
Enviado: 30 de março, 20h00

Caro Robbie,

Tudo bem, você pode ser Romeu. Pode me enviar sua história hoje à noite? Ela é ótima, mas vou deixá-la ainda melhor; tenho certeza de que tem erros de ortografia que vou ter que corrigir.

Arthur

De: Robbie Zack (robbiethegreat2000@hotmail.com)
Para: Arthur Bean (arthuraaronbean@gmail.com)
Enviado: 30 de março, 20h03

OBRIGADO, ARTIE! Aqui vai minha *istória*. Estou muito feliz por *iterpretar* Romeu, acho que vou fazer um bom trabalho. E eu sou mais *auto* que Kennedy, então, acho que vamos ficar bem *nopalco* um do lado do outro, mais que vocês dois. Ganhei o ano! E eu que achei que este ano seria um saco!

Anexo: **Istória de amor de fantasma**

ABRIL

Arthur Bean
Sra. Whitehead
7A

HISTÓRIA DE AMOR DE FANTASMA

Antes de morrer, Jack se sentava atrás de Kaylee na aula de matemática. Em vez de aprender frações, ele estudava as costas dela. O cabelo castanho de Kaylee cobria seu pescoço; raramente ela usava rabo de cavalo. Às vezes, a etiqueta de sua camiseta ficava para fora. Ela usava M.
    Jack era mediano. Não ia muito bem em matemática, e odiava inglês. Ele era muito bom com esportes, e gostava de arte. Ele tinha alguns amigos, mas poderia tê-los aproveitado melhor.
    Quando a escola acabou, vieram as férias de verão. A única coisa que preocupava Jack nas férias de verão era o fato de que não veria Kaylee por dois meses. Ver Kaylee todos os dias na aula de matemática o fazia tão feliz...
    Nas férias de verão Jack foi acampar. Ele gostava de acampar. O acampamento foi em um lago, e as crianças eram legais; tiraram fotos da natureza, fizeram grafite em rochas e montaram paródias engraçadas à noite. Aprenderam a velejar e a nadar no lago, e brincaram de capturar a bandeira. Era como as aulas de educação física e artes juntas.
    Era sábado quando começou a chover no acampamento. Um dia de chuva tudo bem, porque eles

tinham alguns filmes para assistir na tenda grande. Mas choveu domingo. Segunda-feira, terça-feira, quarta-feira, quinta-feira. Só chuva. Na sexta-feira todo o mundo estava tão de saco cheio da tenda que quando Jack sugeriu um mergulho no lago com chuva, muitas crianças concordaram. Os monitores estavam cansados de atividades internas, de modo que concordaram também. Jogaram Pedra-Papel-Tesoura para ver quem ficaria de vigia na chuva. Brooke perdeu.

O lago parecia quente em comparação com a chuva fria. Jack preferia permanecer debaixo d'água o máximo de tempo que podia. Quando não conseguia mais prender a respiração, subia à superfície para encher os pulmões de ar. Jack mergulhou várias vezes. Ele pegava os tornozelos das crianças menores e as ouvia gritar e espernear. Fez isso por horas, até que era o único nadando no lago ainda. Brooke estava molhada, com frio e mal-humorada.

— Jack! Você vai ficar aí o dia todo? — gritou ela.

Jack anuiu com a cabeça.

— Tudo bem se eu entrar? — perguntou ela.

Jack anuiu com a cabeça de novo. A seguir, mergulhou rumo ao calor dos juncos. Quando subiu, estava sozinho. Sorriu e nadou um pouco mais longe, e então mergulhou de novo.

Mas não subiu mais.

Isso aconteceu algumas horas antes de alguém perceber que Jack não havia voltado do lago. Eles o procuraram, mas Jack sabia que não o encontrariam. Ninguém iria procurá-lo nos juncos emaranhados no fundo do lago. Jack era apenas um fantasma pairando sobre eles agora. Os monitores chamaram a polícia. Chegaram com o barco de busca e salvamento. Jack ficou contente por ser tão importante, e ficou pairando sobre a proa do barco enquanto eles iam para o meio do lago.

A chuva deixava a polícia mal-humorada. Diziam que Jack era "um garoto estúpido" por nadar tão longe. Ele tentou dar um soco na cara deles, mas seu punho não acertava em nada. Eles encontraram seu corpo nos juncos. A polícia fingiu estar triste quando o puxaram até o cais.

Quando as aulas recomeçaram, ninguém parecia sentir a falta de Jack. Isso o deixou triste. Ele queria que as pessoas usassem braçadeiras pretas, e talvez que colocassem uma grande foto dele na estante de troféus, como fazem as escolas nos filmes para os alunos que já morreram. Mas ninguém fez nada. Ele achou que talvez seu professor favorito deixasse sua carteira vazia na sala de aula, como um tributo. Mas, em vez disso, todos passaram uma mesa à frente para substituí-lo. Ele achava que talvez fizessem um minuto de silêncio por ele no início da aula de artes, mas o professor começou a ensinar técnicas de pastel.

O pior foi Kaylee. Kaylee nem percebeu. Ela não chorou nem sequer perguntou dele a ninguém. Era como se ele nunca houvesse existido. Que saco.

Jack se sentou na carteira atrás dela e ficou olhando para suas costas. Ela ainda usava camiseta M. Seu cabelo estava mais comprido. Kaylee olhou para Olivier, o intercambista francês, e ronronou um *Bonjour* quando ele olhou para ela. Jack achou aquilo muito irritante. Mas, independentemente disso, ela ainda era legal.

Mas, mesmo assim, ela não percebeu que ele não estava lá.

Então, Jack decidiu fazer com que ela o notasse. Ele a seguiu até casa e assistiu à tevê sentado ao seu lado no sofá. Encolhia-se ao lado dela na cama quando ela estava lendo. Ele ia a todos os jogos de vôlei, a cada treino, a cada aula de natação.

Então, Kaylee começou a sentir frio à noite. Ela sorria menos. Parecia... triste, de alguma forma. Ela nunca parecia triste antes.

Jack ficou preocupado com ela. *Talvez ela esteja triste por mim,* pensou ele consigo mesmo. Talvez ela esteja percebendo que eu morri.

Jack estava se fortalecendo como fantasma. Descobriu que podia mover levemente as cortinas. Ele as atravessava e elas tremeluziam. Cada vez que ele atravessava as cortinas da sala de Kaylee ela erguia os olhos. Ele sorria para si mesmo. Kaylee estava começando a notá-lo. Então, ele bolou um plano para que ela o notasse ainda mais.

Certa noite, os pais de Kaylee saíram para jogar boliche e a deixaram sozinha. A chuva começou por volta das seis, e às sete era uma enorme tempestade, com raios e trovões. A tempestade alimentava os poderes fantasmagóricos de Jack, deixando-o superforte.

Jack começou aos poucos. Chacoalhou as cortinas; sacudiu os vidros das janelas. Kaylee estremecia quando ele andava em volta dela. Ele bateu a porta do banheiro. Chacoalhou as maçanetas. Empurrou as canetas dela, que rolavam da mesa.

— Fantasma! — ela gritou para Jack. — Eu sei que você está aqui!

Mas a única resposta foi o som de seu lápis caindo no chão.

— Vá embora! — gritou ela para o ar.

— Está tão frio... — sussurrou para si mesma enquanto Jack andava para frente e para trás, fazendo-a bater os dentes.

Por fim, ela se levantou e subiu as escadas para pegar uma blusa. Ela pegou um moletom do chão e precisou fazer força para puxá-lo.

Jack pegou uma das mangas e puxou o mais forte que pôde, fazendo-a se torcer para trás. Kaylee estava com a cabeça na blusa, puxando a manga, tentando trazê-la de volta. Foi andando em direção às escadas. Nesse momento, houve o terrível estrondo de um relâmpago.

Kaylee foi pega de surpresa, e tropeçou. Jack ficou observando-a, impotente, enquanto ela caía de cabeça pela escada abaixo. Ela jazia ali embaixo. O moletom ainda cobria seu rosto. Seu pescoço formava um ângulo engraçado.
Jack gritou, mas não saiu som nenhum. Ele gritou, mas ninguém ouviu. Por fim, ele se aninhou ao lado de Kaylee e chorou. Tentou segurar a mão dela.
— Eu te amo — chorava. — Eu te amo de verdade.
Então, ele sentiu algo frio e úmido se entrelaçar com seus dedos.
O fantasma de Kaylee piscou para ele. E então sorriu.
— Você é um fantasma? — perguntou.
Jack anuiu com a cabeça.
Ela se sentou e olhou para si mesma.
— Eu sou um fantasma?
Jack anuiu novamente.
— Você vai me guiar, Fantasma?
Ela sorriu para ele e balançou seu cabelo de fantasma. Jack anuiu.
— Você é bonito, Fantasma. Qual é seu nome? —
— Jack — ele sussurrou.
— Jack — disse ela. — Eu conheço você?
Jack anuiu com a cabeça e disse.
— Eu amo você desde sempre.
Kaylee sorriu timidamente.
— Então é melhor eu tirar o atraso. — Deu-lhe um beijo no rosto. — Agora, pode me mostrar como faz aquilo com a cortina?
E eles morreram felizes para sempre.

Fim

E aí, Arthur!

Sua história é ótima. Vou colocá-lo na pilha dos finalistas. Vou trabalhar na Feira de Ciências (aliás, não recebi sua proposta!), e esta semana tem as eliminatórias do atletismo, de modo que talvez eu não consiga ler tudo antes de imprimir — há alguns "obstáculos" para este novo treinador de atletismo!

* O jornal será lançado pouco antes da primavera, e a votação vai começar depois que voltarmos, portanto, atenção nas urnas. Tenho certeza de que você vai querer dar um voto a si mesmo; assim pode ter uma vantagem sobre a concorrência!*

* Falando de férias de primavera, o Baile da Primavera está chegando. O tema é Sadie Hawkins, o que significa que as meninas convidam os meninos! Bem antiquado, em minha opinião, mas não faço parte do comitê social, não é?*

* Você poderia cobrir o baile para o jornal?*

* Avise-me!*

Saúde,
Sr. E.

Caro sr. Everett,

Eu estava pensando se não poderia escrever meu próprio artigo para a próxima edição. Imaginei que poderia ser como "O concurso visto de dentro". Seria sobre minha vitória no concurso de contos e tal. Tenho certeza de que vou ganhar, e tenho certeza de que os outros alunos estariam interessados em saber como é isso.

Cordialmente,
Arthur Bean

Olá, A,

Que bom que você está tão confiante, mas não vamos contar com o ovo no fiofó da galinha! Acho que ouvi um cacarejo vindo de você! Além disso, nós precisamos de uma matéria sobre o baile depois das férias de primavera. Está pronto para arrasar na pista?

Saúde,
Sr. E.

▶▶ ▶▶ ▶▶

Romeu e Julieta — **Reflexão de uma estrela**

Romeu

Ato II, Cena IV
Nessa cena estou planejando algo com o inimigo. Bem, não é mais um inimigo, e sim a ama de Julieta. Temos que usar artimanhas para fazer o que estou pensando, então, fazemos planos secretos que ninguém conhece. Eu me sinto bem e mal com isso. Estou feliz porque estou conseguindo o que quero (casar com Julieta e

beijá-la), mas tenho que desistir de algo (minha família). Eu me sinto dividido. É como quando eu tinha sete anos e meu primo Luke queria trocar presentes de Natal comigo. Eu gostei muito do meu presente, mas queria muito o presente dele também. Mas eu não podia ter os dois, então, escolhi o dele. Eu ainda penso nesse Natal. Não sei se eu devia ter trocado. Sinto falta do meu presente de verdade, mesmo que tenha sido meu por um dia ou dois.

Arthur, você acessou uma lembrança forte, e acho que isso vai se traduzir muito bem em sua atuação. Esta semana vamos trabalhar cenas com sentimentos pesados. Continue escavando suas memórias e construa seu personagem!

Sr. Tan

▶▶ ▶▶ ▶▶

De: Robbie Zack (robbiethegreat2000@hotmail.com)
Para: Arthur Bean (arthuraaronbean@gmail.com)
Enviado: 4 de abril, 15h54

eu vi vc na sala de teatro hoje *ençaiando* R&J. Vc não está mais na *pessa*.
   É melhor dizer ao senhor Tan amanhã ou eu vou contar sobre *"noça istória"*

robbie

De: Arthur Bean (arthuraaronbean@gmail.com)
Para: Robbie Zack (robbiethegreat2000@hotmail.com)
Enviado: 4 de abril, 20h14

Caro Robbie,

Você não apareceu nos últimos dias, então achei que talvez você houvesse decidido não participar. Imaginei que você devia ter pensado nisso no fim de semana e percebido como dá trabalho.
 Mas vou dizer ao sr. Tan esta semana.
 Você sabe que haverá ensaios durante a primavera, não é? Se você for viajar, não vai poder participar da peça.
 Você vai visitar sua mãe? Aposto que ela sente sua falta.

Cordialmente,
Arthur Bean

De: Robbie Zack (robbiethegreat2000@hotmail.com)
Para: Arthur Bean (arthuraaronbean@gmail.com)
Enviado: 4 de abril, 21h13

não me *fassa* ir atrás de você vc

r

De: Arthur Bean (arthuraaronbean@gmail.com)
Para: Robbie Zack (robbiethegreat2000@hotmail.com)
Enviado: 4 de abril, 20h14

Caro Robbie,

Não há necessidade de você vir atrás de mim. Eu vou falar com o sr. Tan amanhã, acho.

Cordialmente,
Arthur Bean

▶▶ ▶▶ ▶▶

Caro sr. Tan,

Eu percebi que eu não posso mais participar da peça. Meus deveres como aluno são mais importantes, e preciso me concentrar em minha escrita.

Atuar é uma habilidade secundária para mim, e como quero ser escritor, não ator, vou sair da peça da escola. Robbie Zack, meu substituto, concordou em assumir meu papel de Romeu com muita seriedade.

Cordialmente,
Arthur Bean

Caro Arthur,

POR FAVOR, venha falar comigo qualquer hora hoje. Eu gostaria de discutir sua decisão com você. Não é algo que encaro com leviandade.

Sr. Tan

De: Kennedy Laurel (imsocutekl@hotmail.com)
Para: Arthur Bean (arthuraaronbean@gmail.com)
Enviado: 5 de abril, 19h39

ARTHUR!! O que aconteceu?!?!?! O sr. Tan disse hoje no ensaio que você saiu da peça?!?! Achei que você ADORAVA atuar!! Sentimos sua falta hoje! Bom, Robbie é muito bom, mas temos que ensaiar as cenas TUDO DE NOVO! O que aconteceu? Por que você saiu? Não entendi nada!

Kennedy ☹

5 de abril

Querido DL,

Eu me odeio! Não acredito que sou tão estúpido a ponto de dar minha única chance de fazer Kennedy se apaixonar por mim, só para eu poder ser famoso! Será que toda pessoa famosa tem que tomar decisões difíceis como essa? E se ela se apaixonar por Robbie, e depois se casarem? Eu vou ficar famoso e sozinho, e as pessoas sempre

vão me olhar com compaixão. Vai ser pior que quando mamãe morreu, porque vão olhar para mim desse jeito para sempre. Vou participar de programas de tevê para promover meu livro, e vou ter que fazer piadas sobre "o amor perdido"... mas não vai ser piada!
 Agora estamos nas férias de primavera e não vamos visitar a família de Luke. Vou ficar em casa, ou sentado na casa de Nicole pensando que vou ficar sozinho para sempre.

Cordialmente,
Arthur Bean

De: Arthur Bean (arthuraaronbean@gmail.com)
Para: Kennedy Laurel (imsocutekl@hotmail.com)
Enviado: 5 de abril, 23h03

Querida Kennedy,

Sinto muito ter que sair da peça assim. Eu fiz o que tinha que fazer por minha arte. Você sabe, meu romance e tal. Eu não queria, mas tive que fazer isso.
 Que pena que você viajou nestas férias de primavera. Pelo menos, acho que viajou. Acidentalmente ouvi você dizer a Catie que ia viajar. Espero que se divirta!

Cordialmente,
Arthur Bean

▶▶ ▶▶ ▶▶

12 de abril

Querido DL,

Estas são, oficialmente, as piores férias de primavera de sempre. Não tenho lugar para ir nem nada para fazer. Meu pai tirou só dois dias de folga, mas, mesmo assim, fomos só à casa dos meus avós. Nevou o tempo todo, e minha avó só queria ir à farmácia. Seria bom se ela fizesse uma lista das coisas de que precisava, para que não tivéssemos que ir todos os dias.

Quando chegamos a casa, ontem, meu pai disse que achava que eu era responsável o suficiente para ficar em casa sozinho nos dias em que Nicole estivesse trabalhando. Eu achei que seria legal, mas não é. Tevê durante o dia é uma porcaria, e Pickles não está acostumada a ter gente por perto, de modo que só ficava arranhando minha mão toda vez que eu tentava pegar o controle remoto embaixo dela. Fiquei tão entediado que fiz toda minha lição de casa, e até tentei escrever o conto para a aula da sra. Whitehead. Mas não fui muito longe. Achei que arrumando a história de Robbie meu cérebro ia pegar de novo, mas ainda estou aqui, sentado ao computador, encarando uma tela em branco. Queria ter algo, qualquer coisa para fazer. Estou desesperado, DL. Estou pensando em comprar uma passagem de ônibus e ir ver Luke. Não vou porque não quero que meu pai ache que eu fugi, mas, enfim... que tédio!

Cordialmente,
Arthur Bean

▶▶ ▶▶ ▶▶

De: Robbie Zack (robbiethegreat2000@hotmail.com)
Para: Arthur Bean (arthuraaronbean@gmail.com)
Enviado: 13 de abril, 11h04

ei, Artie

ouvi dizer que vc tá na cidade nas férias. não tem mais ninguém. bom, eu ganhei *ingresos* para uma peça, mas nenhum dos meus amigos de verdade quer ir comigo. Eu nem quero muito ir, mas *imajinei* que ia ser bom ver outras peças agora que estou atuando em uma. Enfim, se vc *quizer* ir com meu irmão e eu... meu pai ia, mas ele não pode e temos um *ingreso* sobrando, e aposto que vc gosta de teatro e tal. A peça é *amanhan* de noite, então me avise. Seu pai pode levar a gente??

Robbie

De: Arthur Bean (arthuraaronbean@gmail.com)
Para: Robbie Zack (robbiethegreat2000@hotmail.com)
Enviado: 13 de abril, 12h29

Você está falando sério?

De: Robbie Zack (robbiethegreat2000@hotmail.com)
Para: Arthur Bean (arthuraaronbean@gmail.com)
Enviado: 13 de abril, 12h36

não, seu nerd, estou escrevendo para vc só por diversão. CLARO que é sério. Quer ir ou não? Para mim tanto faz.

De: Arthur Bean (arthuraaronbean@gmail.com)
Para: Robbie Zack (robbiethegreat2000@hotmail.com)
Enviado: 13 de abril, 14h15

Caro Robbie,

Posso ir à peça. Perguntei a meu pai e ele pode nos levar. Podemos pegar vocês às sete. Até depois, então.

Cordialmente,
Arthur Bean

▶▶ ▶▶ ▶▶

14 de abril

Querido DL,

Foi a noite mais estranha do mundo! Fui ver uma peça com Robbie e o irmão dele. Eu sei o que você está pensando — é, eu sei, FOI MESMO estranho. O irmão de Robbie é um idiota total. Robbie até me pediu desculpas por seu irmão ser tão esquisito. Eu achei que Robbie estava chato e irritante às vezes, mas seu irmão ficava gritando com as pessoas no lobby, e rindo, e ficava tentando fazer as pessoas derramarem suas bebidas, esbarrando nelas. Foi superconstrangedor. Fiquei contente de entrar na peça.
    Foi muito boa. Eu achei que ia ser uma peça meio infantil quando ele disse que íamos ver *Peter Pan*, mas foi muito legal e profissional. Os atores eram incríveis, mas acho que eu teria me saído melhor como Peter Pan. Gostei do jeito que os atores flutuavam, com cabos, e achei Tinkerbell

bem gostosa. E Robbie adorou a peça. Acho que ele até chorou no final. E tenho certeza de que ele estava enxugando os olhos quando Wendy e os meninos chegaram a casa. Seu irmão o viu chorando também e zombou dele o caminho todo na volta.

    Bom, quando eles desceram, Robbie me perguntou se eu queria jogar videogame no fim de semana. Eu meio que odeio videogame, especialmente se tiver que atirar em coisas. Acho que são superchatos. Mas disse que sim, enfim. Não sei por que ele me convidou. Eu meio que tinha que aceitar. Sei lá, ele me bateria se eu dissesse que não?

Cordialmente,
Arthur Bean

⏩ ⏩ ⏩

17 de abril

Querido DL,

Feliz Páscoa! A semana está quase no fim, finalmente! E meu pai vai fazer presunto com batatas gratinadas hoje à noite. Eu nem sabia que ele sabia fazer isso. Não sei o que deu nele. Ele até elaborou uma caça aos ovos de Páscoa para mim hoje cedo. Fiquei muito surpreso, especialmente porque ninguém faz uma caça aos ovos de Páscoa para mim desde que eu tinha uns cinco anos. Mas eu não disse nada. Ele disse que sempre escondeu os ovos, e que este ano

estava mais difícil. É engraçado, eu sempre achei que minha mãe fazia esse tipo de coisa. Mas faz sentido, já que ela sempre ficava muito surpresa ao ver onde estavam os ovos. Eu só achava que ela disfarçava bem.
Então, cacei ovos de Páscoa, e depois fomos a pé ao mercado dos agricultores para comprar umas coisas para a ceia. Caminhamos em silêncio, mas um silêncio agradável. Ele até perguntou se eu queria convidar meu "novo amigo, Robbie", para a ceia. Eu disse a ele que Robbie não era meu amigo, que só estava entediado nas férias de primavera e que precisava de alguém para jogar videogame contra ele (coisa que eu odiava, aliás. Eu sou péssimo em videogames, DL. Robbie fez questão de ficar falando isso).
Mas foi um dia muito bom, DL. Não sei por que, mas eu senti, às vezes, que mamãe estava em algum lugar por ali, como se estivesse visitando a irmã, ou algo assim. Eu quase fico mal por me sentir bem na Páscoa. Isso é estranho, não é?

Cordialmente,
Arthur Bean

▶▶ ▶▶ ▶▶

De: Kennedy Laurel (imsocutekl@hotmail.com)
Para: Arthur Bean (arthuraaronbean@gmail.com)
Enviado: 19 de abril, 15h50

Olá, Arthur!

Desculpe eu não responder sobre as férias de primavera! Fui visitar minha avó, e ela não tem INTERNET! Foi uma TORTURA, rs!! Bom, foi tudo bem, mas meio chato! Minha irmã estava SUPERirritante e queria que eu SAÍSSE com ela! Tão frustrante! É muito melhor quando há algo para mantê-la ocupada, como um computador, rs! Pelo menos eu tive muito tempo para decorar todas as minhas falas da peça!
   Falando em peça, não acredito que você não vai mais participar! Eu fui ao ensaio hoje e você não estava lá, e não foi tão divertido! Você sempre me faz rir! Bom, Robbie se esforça bastante, ele é um doce, mas é diferente, entende?
   Enfim, acho que você deve estar muito ocupado escrevendo e tal!

Kennedy ☺

De: Arthur Bean (arthuraaronbean@gmail.com)
Para: Kennedy Laurel (imsocutekl@hotmail.com)
Enviado: 19 de abril, 18h22

Querida Kennedy,

Minhas férias foram legais. Tive tempo para escrever. Também fui ver uma peça legal com Robbie e o irmão dele, e fui a um monte de festas muito legais. Foi uma pena você não estar aqui para ir às festas. Foi muito divertido.

É chato não estar mais na peça, mas eu disse ao sr. Tan que vou decorar todas as falas para o caso de Robbie ficar doente ou com muito medo de entrar no palco. Uma das razões que me fizeram sair da peça foi dar Robbie a chance de interpretar Romeu. Eu sei que a mãe dele foi embora, e achei que seria bom para ele ter algo legal.

Cordialmente,
Arthur Bean

De: Kennedy Laurel (imsocutekl@hotmail.com)
Para: Arthur Bean (arthuraaronbean@gmail.com)
Enviado: 19 de abril, 19h23

Arthur, que amor! Eu sabia que havia algo por trás dos seus motivos para sair da peça! Eu não fazia ideia de que você e Robbie eram tão próximos! Isso foi a coisa mais bonita que eu já ouvi! Nós dois somos muito sortudos por ter você como amigo, Arthur!

Kennedy ☺

▶▶ ▶▶ ▶▶

A Primavera Floresceu, a Loucura Rolou

Arthur Bean

A Terry Fox Junior High realizou seu quarto baile do ano, e por fim acertou. O Baile da Primavera, que ocorreu na sexta-feira passada, teve como tema Sadie Hawkins. Sadie Hawkins foi originalmente um personagem de história em quadrinhos dos anos 1930. Era a garota mais feia da cidade, e seu pai criou uma corrida para ela. Se Sadie Hawkins pegasse um homem e o arrastasse até a linha de chegada, ele teria que se casar com ela. A história em quadrinhos era muito popular, e logo corridas e bailes Sadie Hawkins eram celebrados no Canadá e nos Estados Unidos.

O destaque, para a maioria, foi a oportunidade de dançar com algumas das meninas mais bonitas e populares da escola. Por exemplo, os convites de Kennedy Laurel para dançar eram recebidos com muito entusiasmo. Aqueles de nós que tiveram a sorte de ser convidados por uma dançarina tão graciosa e enérgica como Kennedy eram claramente observados com inveja pelos menos afortunados de nosso gênero.

Haverá mais um baile este ano para a escola inteira (sem incluir a festa de formatura, realizada apenas para o nono ano e seus pares), e este repórter sugere que também seja um Baile Sadie Hawkins.

Ei, Arthur,

Bom trabalho de cobertura do baile. Fico feliz por você ter se divertido também!
Eu vou fazer algumas mudanças para que a matéria seja menos específica sobre quem dançou com quem. Fico feliz de ver que você pesquisou sobre Sadie Hawkins também! Pesquisar o assunto é o segredo para o grande jornalismo, por isso, parabéns!
Sua próxima tarefa é a resenha de uma obra na Exposição de Arte da Primavera. A maioria dos trabalhos acontecerá na sala de artes, daqui a duas semanas.
Você seria capaz de fazer um artigo falando sobre a experiência de alguns artistas e suas obras? Lembre-se, porém, que só porque uma imagem pode valer mais que mil palavras, não significa que seu artigo precisa ser muito longo!

Saúde,
Sr. E.

▶▶ ▶▶ ▶▶

VENCEDORES DO CONCURSO DE ESCRITORES MIRINS!

Queremos agradecer a todos vocês por sua criatividade, suas ideias e sua escrita fantástica. Foi muito difícil escolher os finalistas para a publicação na edição de primavera do jornal *Marathon*!
Sem mais delongas, os finalistas são:
Arthur Bean
Asira Jaffer
Kennedy Laurel
Vejam a edição especial de Escritores Mirins da próxima semana do *Marathon*, e não se esqueça de votar em sua história favorita!

⏩ ⏩ ⏩

De: Kennedy Laurel (imsocutekl@hotmail.com)
Para: Arthur Bean (arthuraaronbean@gmail.com)
Enviado: 22 de abril, 16h39

Arthur! NÓS GANHAMOS!!! Não acredito que nós dois somos FINALISTAS! É INCRÍVEL!! Estou tão feliz por ter chegado tão longe! E agora vou ganhar e ser publicada, e depois vou dominar o mundo, rs!!! Estou brincando! Estou tão ansiosa para ser publicada no jornal! É diferente publicar MATÉRIAS velhas e chatas, rs!

    E PARABÉNS! Eu não li sua obra-prima enquanto você estava escrevendo, e agora vou ler quando for publicada, rs! É tão emocionante! Sobre o que é sua história?

    Não é um saco a sra. Whitehead estar presa na cama com o quadril quebrado?! Vai lhe mandar um cartão para agradecer por ela o ter escolhido? Acho que vou mandar um para a sra. Ireland!

Sandy vai me levar ao cinema hoje à noite para comemorar! O que VOCÊ vai fazer para comemorar? Alguma coisa com seu pai, talvez? Se quiser ir ao cinema com Sandy e eu, apareça! Tenho certeza de que ele não vai se importar!

Kennedy ☺

22 de abril

Querido DL,

Eu consegui! Sou um dos finalistas, e, uma notícia melhor ainda, Kennedy me convidou para ir ao cinema hoje à noite! Ela disse que Sandy vai, mas tudo bem. Talvez ela só queira ir comigo, hahaha.
    É uma piada, DL, mas talvez um pouco mais séria. Afinal de contas, nós somos ambos escritores, e podemos conversar sobre escrita, e *Romeu e Julieta*, e tal. Pode ser que essa seja sua maneira sutil de me chamar para sair. Que maquiavélico, bem debaixo do nariz de seu namorado! Mas tudo bem. Eu posso guardar segredo também.

Cordialmente,
Arthur Bean

De: Arthur Bean (arthuraaronbean@gmail.com)
Para: Kennedy Laurel (imsocutekl@hotmail.com)
Enviado: 22 de abril, 17h50

Querida Kennedy,

Obrigado, e parabéns a você também! Não vou comemorar com meu pai hoje à noite, por isso, adoraria ir com você ao cinema. Ligue-me e me avise que filme vai ver, e eu encontro você lá!

Cordialmente,
Arthur Bean

22 de abril

Querido DL,

Bom, não foi um encontro DE JEITO NENHUM. Eu fui ver o maldito filme com Kennedy e Sandy e eles mal falaram comigo. Dividiram um picolé e uma pipoca e ficaram rindo juntos durante todos os trailers (a melhor parte do cinema!). Depois, ficavam sussurrando muito alto durante o filme, e duas vezes eu tive que pedir silêncio, porque atrapalhava de verdade. Sandy fez um comentário estúpido, disse que era chato ir ao cinema comigo. Foi terrível. Nunca vou sair com eles de novo.

Cordialmente,
Arthur Bean

25 de abril

Cara sra. Whitehead,

Espero que seu quadril esteja melhor e a sra. já possa se mexer. Quando vai voltar para a escola? Sentimos falta de sua aula. Especialmente eu, já que a sra. é mais aberta a uma mente criativa como a minha. A sra. Carrell e eu temos diferenças criativas quanto a como aula de inglês pode ser interpretada, e está ficando meio difícil trabalhar com ela. Durante toda esta última semana fizemos planilhas e testes surpresa de compreensão de texto. Eu gostava porque a sra. nunca dava testes surpresa. Eu disse a sra. Carrell que não fazíamos isso com a sra., e ela comentou que seu estilo de ensino é "claramente diferente, e talvez um pouco moderna demais". A sra. devia fazer uma reclamação sobre essa crítica dela. A sra. nem estava lá para se defender. Eu tentei defendê-la, sra. Whitehead, e eu fui mandado para o corredor de novo. Enfim, espero que volte logo.

Cordialmente,
Arthur Bean

▶▶ ▶▶ ▶▶

Tarefa: Romance Resposta

Muitas obras de ficção baseiam-se em trabalhos de outras pessoas. Escritores respondem a outra obra escrevendo uma pré-sequência, ou sequência para ela, ou com foco em outro personagem. Para esta tarefa, escolham um livro escrito por seu escritor favorito e escrevam uma pequena resposta a ele. Suas respostas podem ser o que desejarem: um registro no diário de um personagem secundário, uma cena estrelada pelo personagem principal antes de o livro começar, um epílogo para o que acontece depois etc.
Gramática, compreensão e conexão direta com o livro original valem nota. Certifiquem-se de indicar claramente no título o livro a que fizer referência, e quem escreveu a obra original.

Data de entrega: 28 de abril

Não haverá extensão de prazo para a entrega desta tarefa.

▶▶ ▶▶ ▶▶

**Programa de tutoria entre colegas —
Relatório de atividades
Data: 27 de abril
Assunto: Romance resposta**

Artie me ajudou a escolher um livro do qual gostei e nós fizemos um rascunho de um *deário* em resposta a Harris Burdick. É um cara que está num livro de Chris Van Allsburg, mas não está no livro mesmo, só tem o nome dele na capa.
— Robbie

Robbie e eu conversamos sobre como a sra. Whitehead compreendia melhor nossas abordagens criativas para as tarefas de inglês, em vez de nos manter presos com planilhas e leitura silenciosa em sala de aula. Foi muito colaborativo.
— Arthur

Registro no diário: *A grande bruxa*

Arthur Bean

Obra Original: As bruxas, de Roald Dahl

Querido Diário Malvado,
 Eu, a Grande Bruxa da Inglaterra, estou pensando em me mudar. Estou cansada da Noruega e da Inglaterra. Após a reunião da Sociedade Real para a Prevenção da Crueldade contra Crianças, vou embalar todas as minhas perucas e voar através do oceano. Acho que as crianças da Inglaterra têm sotaques engraçados e usam palavras estranhas para se referir a doces e blusas. Não só isso, mas todas as crianças morrerão devido a minha poção fazedora de ratos! É um plano perfeito!
 Estou pensando em me mudar para o Canadá e ser professora substituta. Assim, poderei ferver crianças em caldeirões. Claro, posso entediá-las até a morte também. Isso seria muito divertido! Tudo para tornar a vida deles miserável! Provavelmente vou dar aula de matemática. Claro, eu odeio matemática também, de modo que seria ainda pior para as crianças.
 Meu plano é matar todos os outros bruxos, que são tão idiotas que não conseguem fazer nada sozinhos, e então, poderei ser substituta em todas as escolas em todo o Canadá. Vou usar meus poderes de professora substituta para colocar minha poção fazedora de ratos na comida do refeitório, e BAM! Escola de Ratos Instantânea! Mas só depois de atormentar as crianças com minhas aulas chatas de matemática, claro. É um plano perfeito!
 Agora é melhor eu ir dormir. Tenho uma reunião de manhã.

Cordialmente,
Grande Bruxa

Sr. Bean,

Estou cansada de suas evidentes demonstrações de rebeldia em suas tarefas. Espero que a sra. Whitehead discuta seu comportamento recente quando voltar, na próxima semana. Sua falta de decoro e respeito para com seus superiores não será tolerada. O diretor, Sr. Winter, está esperando você em sua sala depois da escola, hoje.

Sra. Carrell

▶▶ ▶▶ ▶▶

28 de abril

Cara sra. Carrell,

Eu, Arthur Aaron Bean, estou muito arrependido por ter sido desrespeitoso com a sra. em sala de aula. Percebo que, apesar de minhas tarefas seguirem todas as regras que a sra. estabeleceu, elas não foram escritas "corretamente". Agora entendo que eu deveria ter escrito minhas tarefas da mesma forma que todos os outros escreveram, e que a criatividade pode ser muito subjetiva.

Também entendo que minhas tarefas mostraram desrespeito para com a sra., e também foram desrespeitosas para com todos os meus colegas. Disseram-me que, escrevendo de forma diferente, de alguma forma eu estaria incomodando meus colegas também, e lamento muito. Também entendo que a sra. sentiu que eu a estava perseguindo especificamente em minha última tarefa. Quero lhe assegurar que não estava falando da sra. Acho que isso fica claro, visto que a Grande Bruxa vira professora substituta de matemática, e a sra. é professora substituta de inglês.

Por favor, aceite esta carta como meu pedido de desculpas, e não vou fazer nada para perturbá-la até que vá embora para lecionar a outros alunos em outra escola longe daqui.

Cordialmente,
Arthur Bean

⏵⏵ ⏵⏵ ⏵⏵

29 de abril

Querido DL,

A votação nos contos terminou esta semana. Acha que vou ganhar? Se eu for publicado, vou citar Robbie nos agradecimentos. Vou até dedicar a história a ele. Já estou começando a sonhar com o que vou fazer com os 200 dólares do prêmio. Acho que vou dar um pouco para meu pai ou lhe comprar algo legal. A Páscoa foi meio como uma luzinha, mas agora parece que nunca aconteceu. Mas se eu ganhar o concurso, talvez possamos comprar uma televisão nova, ou sei lá. Ele está dormindo na frente da tevê a noite toda, agora. Nem vai para a cama. Eu tentei sugerir atividades diferentes e tal, mas ele apenas sorri e diz coisas tipo "Outra hora, amigão" quando eu sugiro que vá ao cinema ou algo assim. Acho que vou perguntar a Nicole se ela tem alguma sugestão sobre o que fazer. Talvez, se eu ganhar o concurso e o dinheiro, possamos viajar para algum lugar. Algum lugar chique, com um bom hotel e uma piscina.

Cordialmente,
Arthur Bean

MAIO

O "Eu" de Beholder:
Resenha da Exposição de Arte

Arthur Bean

Na próxima semana, a refeitório da Terry Fox Junior High vai se transformar em uma galeria de arte do mais alto grau. Os estudantes de todas as classes apresentarão sua melhor obra de arte para exibição pública. A exposição durará toda a semana, com uma Festa de Abertura especial para a família e os amigos na noite de segunda-feira, das 18 às 21 horas. Os artistas estarão presentes segunda à noite para responder a quaisquer perguntas sobre seu trabalho e inspiração. Mas eu tive a oportunidade de entrevistar alguns alunos sobre seus trabalhos de vanguarda.

Parvis Ahluwahlia, do sétimo ano, é fã de histórias em quadrinhos desde sempre. Ele desenhou uma série de histórias em quadrinhos que fazem observações humorísticas sobre a vida escolar. Em uma, ele habilmente capturou os horrores de comer a mesma comida todos os dias da semana no refeitório. Em outra, usa o humor para mostrar ao espectador a divisão social entre *nerds* de quadrinhos e atletas. Seu traço é simples e caricatural, e seu personagem principal se parece muito com o famoso Garfield, o gato.

Quando questionado sobre seu trabalho, Parvis disse que desenha o tempo todo, e especialmente gosta de rabiscar nos livros didáticos. Ele está muito animado por ter a chance de mostrar seus quadrinhos em molduras, como arte de verdade, e espera que sejam eficazes na tentativa de transmitir sua mensagem *antibullying*.

Parvis não é o único artista de HQ na exposição. Podemos ver também os mundos obscuros criados por Robbie Zack, inspirado pelos quadrinhos da Marvel.

Kristina Perkins, do oitavo ano, prefere aquarelas. Suas paisagens são predominantemente azuis e muito tranquilas.

Kristina diz que pinta em todo momento livre que tem desde que era pequena, e gosta de pintar cenas da casa de sua família no lago. Ela diz que espera que outros estudantes encontrem relaxamento observando seu trabalho, e que suas aquarelas os façam lembrar um perfeito dia de verão. A aquarela é uma técnica popular este ano, e podemos ver toda a parede leste dedicada a cenas pintadas com ela.

Por fim, falei com Sandra Chu, do nono ano. Sandra diz que prefere trabalhar com "objetos descartados" e fazer com eles suas esculturas vanguardistas. Para um olho destreinado pode parecer um monte de lixo colado, mas ela afirma que seu trabalho é muito pós-moderno.

"Estou tentando mostrar que os bens materiais são jogados fora, mas que podemos reciclá-los e transformá-los em algo significativo para alguém", disse Sandra em sua entrevista. "Minhas esculturas são um ataque às atuais políticas ambientais do governo, bem como um comentário sobre como o Natal está comercializado."

Sandra diz que seu principal objetivo é fazer com que as pessoas pensem de maneira diferente sobre o que é arte.

Esses foram apenas alguns dos artistas que estarão presentes naquela que promete ser uma interessante exposição de arte no refeitório. Venha e veja o resto por si mesmo. Você não vai se decepcionar!

E aí, Arthur,

Excelente trabalho, amigo! Acho que não precisamos mudar nem uma palavra! Você captou o espírito da mostra de arte, junto com fatos pertinentes sobre a exposição e alguns artistas. Já despertou o interesse do leitor com suas entrevistas perspicazes, e escolheu três artistas muito diferentes para destacar. Você fez um trabalho fantástico, e deve estar muito orgulhoso de sua matéria!

Saúde!
Sr. E.

⏩ ⏩ ⏩

VENCEDOR DO CONCURSO DE ESCRITORES MIRINS!

A Terry Fox Junior High gostaria de parabenizar Arthur Bean por receber o maior número de votos a sua história *História de amor fantasma*. A vitória foi apertada, e gostaríamos de agradecer a todos os finalistas por compartilhar suas excelentes histórias conosco. A história de Arthur será publicada na edição anual da revista *Writers Write Now*, em junho, ao lado de obras de outros vencedores da cidade.

Por favor, dediquem alguns minutos para parabenizar Arthur por seu sucesso quando o virem!

2 de maio

Querido DL,

Eu ganhei o concurso. Sei que deveria estar mais animado, mas eu me sinto estranho. É como se eu houvesse comido muito chocolate, e em vez de estar feliz, eu me sinto nojento. Bom, eu trabalhei bastante nessa história. Havia partes que não tinham sentido, então eu mudei, por isso, praticamente fui eu que a escrevi, certo? É como se fosse ideia de Robbie, mas que eu escrevi. Mas, então, eu deveria estar mais animado. Talvez ainda não pareça real. Eu devia contar a meu pai, mas não estou a fim. Você acha que vou me sentir melhor quando vir meu nome na revista e pegar o dinheiro?

Cordialmente,
Arthur Bean

De: Kennedy Laurel (imsocutekl@hotmail.com)
Para: Arthur Bean (arthuraaronbean@gmail.com)
Enviado: 2 de maio, 20h03

Olá, Arthur,

Parabéns por vencer o concurso.
    Que ótimo para você. Ano que vem pode ser minha vez, acho.

Kennedy

De: Arthur Bean (arthuraaronbean@gmail.com)
Para: Kennedy Laurel (imsocutekl@hotmail.com)
Enviado: 2 de maio, 20h05

Obrigado, Kennedy! É muito emocionante! Achei sua história ótima de verdade. Queria que nós dois houvéssemos ganhado!

Cordialmente,
Arthur ☺

Tarefa: Tirinhas
Antes de mais nada, gostaria de agradecer a todos por suas gentis palavras e estimadas melhoras. Seus cartões me deram ânimo enquanto eu me recuperava, e estou muito feliz por estar de volta à escola! Tenho certeza de que o sr. Fringali vai ficar feliz também, já que teve que levar Bruno para passear enquanto eu estava imobilizada! O tempo que passei assistindo a filmes ruins na televisão deu-me oportunidade para pensar também em novos exercícios de escrita para vocês. Posso ouvi-los reclamar! Prometo que vai ser divertido!
   Pensei em nos divertirmos um pouco agora que eu voltei! Histórias em quadrinhos e *graphic novels* muitas vezes são subestimados como "literatura". Escrevam uma pequena história em quadrinhos sobre um evento recente de sua vida. Não precisa ser engraçada ou comprida. Tentem usar palavras e imagens para transmitir a emoção de seus personagens. Não se preocupem, não vou dar nota para a qualidade artístico do trabalho, apenas para a combinação das duas linguagens! Haverá vários tipos diferentes de histórias em quadrinhos e *graphic novels* na Grande Mesa de Leitura, se precisarem de exemplos ou inspiração.

Data de entrega: 6 de maio

⏩ ⏩ ⏩

3 de maio

Querido DL,

Kennedy parecia tão triste na escola hoje... Por fim tentei falar com ela na aula de educação física, mas ela estava muito estranha, quase como se estivesse evitando olhar para mim. Acho que ela está chateada por ter perdido o concurso de contos. Mas, como ela disse, quem sabe ano que vem, e eu lhe disse que a história dela era ótima. Ela disse só queria esquecer. Tentei dizer que havia outras coisas boas acontecendo com ela também, como ser Julieta na peça, mas quanto mais eu falava, mais ela parecia chateada, e, por fim, disse que tinha que ir e correu para o vestiário feminino. Suas amigas me disseram que eu era idiota e ficava esfregando minha vitória na cara dela, mas eu disse que estavam erradas. Eu só estava tentando ser legal e fazê-la se sentir melhor. É o que eu gostaria. É um saco. A primeira vez que eu tento falar com ela de verdade fora dos ensaios e da aula, e ela foge.

    Robbie está estranho também. Ele fala dos ensaios o tempo todo. Disse que ele e Kennedy estavam ficando quase todos os dias depois da escola para ensaiar. Não sei como Kennedy tem tempo para passar as cenas com ele, porque ela nunca tinha tempo para ensaiar comigo. Talvez ela sinta pena dele, porque ele precisa ensaiar mais. Aposto que é isso. Espero que seja.

    Com todo o mundo tão estranho com certeza eu não vou me sentir melhor com

a vitória. Tentei pensar em maneiras de comemorar, mas não consegui pensar em nada. Ainda não contei nada a meu pai, nem a Nicole ou Luke. Não quero nem pensar nisso, mas daí, certas noites, como esta, não consigo dormir e minha mente não para de pensar, e sinto um nó no estômago que não passa.
 Tem alguma ideia para eu me livrar dele?

Cordialmente,
Arthur Bean

⏩ ⏩ ⏩

———————————————————————

De: Arthur Bean (arthuraaronbean@gmail.com)
Para: Kennedy Laurel (imsocutekl@hotmail.com
Enviado: 4 de maio, 11h16

Querida Kennedy,

Não temos nos falado muito ultimamente, só queria dizer oi! Sei que você anda muito ocupada com a peça e a lição de casa e tal, mas sinto falta de falar com você. Como vai? Eu andei muito ocupado. Estou quase acabando meu romance, vai ser bom. É muito profundo e filosófico. Mas ainda tenho que escrever um conto para a aula da sra. Whitehead. Estou feliz por ela ter voltado. Eu odiava a substituta! Enfim, só queria dizer oi! Que a força esteja com você!

Cordialmente,
Arthur Bean

⏩ ⏩ ⏩

**Programa de tutoria entre colegas —
Relatório de atividades
Data: 5 de maio
Assunto: Tirinhas**

Artie achou uma versão em quadrinhos de R&J para eu ver.
    Era incrível, *tu conhece*?
— Robbie

Lemos principalmente quadrinhos. Foi uma sessão de pesquisa.
— Arthur

Tarefa: Um Dia na Vida das Tirinhas

Arthur Bean

Arthur, muito bem, você usou tamanhos diferentes para dar efeito emocional; mas essa é uma versão mais triste do que eu esperava de sua vitória no concurso. Espero que tenha comemorado de verdade seu sucesso, e talvez tenha aprendido uma lição sobre o poder da humildade?

Sra. Whitehead

De: Kennedy Laurel (imsocutekl@hotmail.com)
Para: Arthur Bean (arthuraaronbean@gmail.com)
Enviado: 6 de maio, 22h43

Querido Arthur,

Sei que não ando escrevendo muito ultimamente; não tenho nada de bom para falar! Sandy terminou comigo. De novo. Ele é um idiota! Eu o odeeeeio! Ele disse que eu estava "muito ocupada sendo Kennedy que não tinha tempo para ser Kennedy e Sandy."
   Isso não é a coisa mais estúpida que você já ouviu?? Não é minha culpa que ele só quer ficar sentado em casa assistindo à tevê e jogando VIDEOGAMES! Eu quero fazer alguma coisa da vida! Dá para acreditar??? E pensar que eu era APAIXONADA por ele! GAROTOS, BAH! Chega de ficar triste por causa dele!
   E aí, como se não bastasse, meu PAI passou uma hora dizendo que eu tenho que ir melhor em Ciências! Às vezes ele é um porre! Nem todo o mundo quer ser um médico e tal! Queria socar alguma coisa!
   Este ano está um saco! Nem acredito o quanto! Mal posso esperar que este ano letivo ACABE para eu não ter que ver ninguém por DOIS meses!

K

P.S.: Não entendi. Que a força me acompanhe? Que força?

De: Arthur Bean (arthuraaronbean@gmail.com)
Para: Kennedy Laurel (imsocutekl@hotmail.com)
Enviado: 7 de maio, 10h20

Querida Kennedy,

Lamento que a vida seja um saco! Odeio Sandy também. Sempre odiei! Não estou surpreso com a idiotice dele. Acho que ele não entende o que pessoas como você e eu queremos da vida. Nós queremos ser pessoas melhores e famosas. Você não precisa dele. Tem que namorar alguém que entenda que você gosta de ser ocupada e que é talentosa e divertida. Seus talentos são desperdiçados sentada no sofá! Qualquer garoto da escola teria muita sorte de ter uma namorada como você. Juro que não somos todos idiotas — Eu sou um cara muito legal ☺ . . . Se quiser alguém com quem conversar, conte comigo. Talvez possamos ir ao cinema ou ao shopping este fim de semana e falar sobre isso.

Cordialmente,
Arthur Bean

De: Kennedy Laurel (imsocutekl@hotmail.com)
Para: Arthur Bean (arthuraaronbean@gmail.com)
Enviado: 8 de maio, 12h30

Obrigada, Artie. Vou ficar de pijama o fim de semana inteiro e desperdiçar meu talento no sofá, rs! Não estou nem aí! Vou me dar tempo para ser KENNEDY!
   Vai ver se estou na esquina Sandy, rs!

Kennedy ☺

De: Robbie Zack (robbiethegreat2000@hotmail.com)
Para: Arthur Bean (arthuraaronbean@gmail.com)
Enviado: 8 de maio, 13h22

Artie vc *solbe* que Kennedy terminou com Sandy? Legal, *né*??
vou falar com ela no ensaio de segunda.
tem alguma dica rs?

8 de maio

Querido DL,

Preciso tomar iniciativa com Kennedy RÁPIDO! Robbie vai dizer que gosta dela e eu preciso chegar primeiro.
   Eu SABIA que não devia ter desistido de ser Romeu. Foi muito estúpido, DL! O que posso fazer? Eu tentei convidá-la para sair neste fim de semana e ela disse não. E agora? Eu quero que seja romântico e especial, e quero lhe mostrar que entendo como ela é ótima.
   Alguma grande ideia, DL?

Cordialmente,
Arthur Bean

▶▶ ▶▶ ▶▶

9 de maio

Querido DL,

Falei com meu pai e com Nicole sobre o que deveria fazer. Nicole disse que eu devia lhe escrever um poema.

Meu pai disse que não sabia, mas achou que um poema era uma boa ideia. Então, fiz uma lista de palavras que poderiam rimar com Kennedy, em inglês:

kennedy   *remedy*   *lemony*
heavenly   *secondly*   *tremendously*
extremity   *melody*

Como pode ver, não consegui muita coisa.

Cordialmente,
Arthur Bean

De: Kennedy Laurel (imsocutekl@hotmail.com)
Para: Arthur Bean (arthuraaronbean@gmail.com)
Enviado: 9 de maio, 17h24

ARTHUR BEAN!!!!!
  Como você pôde TRAPACEAR desse jeito?? Você é tão baixo que ROUBOU seu amigo?
  Não acredito que eu achei que você era legal!!! Que DIABOS está acontecendo?
  VOCÊ É UMA MERDA!!! TODOS OS GAROTOS SÃO UMA MERDA!!

De: Robbie Zack (robbiethegreat2000@hotmail.com)
Para: Arthur Bean (arthuraaronbean@gmail.com)
Enviado: 9 de maio, 17h24

artie preciso falar com vc porque *talveiz* eu tenha dito a kennedy sobre minha *istória*. Pode me ligar? kennedy ficou doida.

De: Arthur Bean (arthuraaronbean@gmail.com)
Para: Robbie Zack (robbiethegreat2000@hotmail.com)
Enviado: 9 de maio, 17h26

VOCÊ CONTOU PARA ELA???? POR QUE VOCÊ TINHA QUE CONTAR???

De: Kennedy Laurel (imsocutekl@hotmail.com)
Para: Arthur Bean (arthuraaronbean@gmail.com)
Enviado: 9 de maio, 18h03

E OUTRA COISA . . .
    Vou contar ao sr. Everett e a sra. Whitehead o que você fez! Não acredito que fez isso!!! Estou tão louca que nem sei por onde começar! Queria que você estivesse aqui, para eu dar um soco em sua cara! Na verdade, talvez eu ainda SOQUE você! Talvez eu vá a sua casa! Robbie parecia TÃO chateado por ter me contado, mas ele devia estar com raiva DE VOCÊ! O que você estava pensando?? Ele disse que você PRECISAVA da história?! Achei que VOCÊ havia escrito SUA história! Você disse que tudo foi perfeito! Você MENTIU para mim e roubou de Robbie, e TRAPACEOU!!! VOCÊ É UM AMIGO TERRÍVEL!!! YOU ARE A TERRIBLE FRIEND!!!

De: Robbie Zack (robbiethegreat2000@hotmail.com)
Para: Arthur Bean (arthuraaronbean@gmail.com)
Enviado: 9 de maio, 18h19

artie vc precisa atender ao telefone. preciso dizer o que aconteceu, escapou. está com raiva de mim? vc tem que me ligar. vc tem que ouvir o que aconteceu. Ela me encurralou! Fiquei todo nervoso, e estávamos conversando e eu queria dizer que eu gosto dela, e disse que minha *istória* era sobre ela. e ela disse "que *istória*" e eu disse "a do jornal". e ela disse "Artie escreveu aquela *istória*" e eu disse "não, eu escrevi, mas dei a artie *pro* concurso de contos" e ela *num* sabia. então ela ficou maluca e foi embora e eu ainda não disse que gosto dela. sou um desastre cara! me liga!

De: Arthur Bean (arthuraaronbean@gmail.com)
Para: Kennedy Laurel (imsocutekl@hotmail.com)
Enviado: 9 de maio, 18h22

Querida Kennedy,

Gostaria que você atendesse ao telefone ou respondesse a minhas mensagens! Mas, faça o que fizer, por favor, não conte ao sr. Everett e a sra. Whitehead!
    Eu posso explicar tudo! Mas prefiro explicar pessoalmente. É muito complicado, mas há uma boa razão para isso, juro. Acredite, eu nunca quis enganar ninguém! Eu não tive escolha! Eu me sinto terrível! Por favor, deixe-me explicar!

Cordialmente,
Arthur Bean

9 de maio

Querido DL,

Este foi meu PIOR aniversário.

Cordialmente,
Arthur Bean

▶▶ ▶▶ ▶▶

Tarefa: E Se . . .
Todos nós temos a tendência a pensar sobre os "se" em nossa vida. Quero que vocês se concentrem em um momento de sua vida e pensem sobre o "e se...". Seu momento pode ser algo grande, como "E se minha família houvesse se mudado para a França?", ou pequeno como "E se eu houvesse ganhado um hamster quando tinha seis anos?". Escrevam três parágrafos como se seu "e se..." houvesse se tornado realidade. Como seria sua vida? O que mudaria para melhor ou para pior?

Data de entrega: 16 de maio

▶▶ ▶▶ ▶▶

De: Arthur Bean (arthuraaronbean@gmail.com)
Para: Kennedy Laurel (imsocutekl@hotmail.com)
Enviado: 11 de maio, 1h24

Querida Kennedy,

Procurei você hoje na escola, mas não a vi. Bem, não é verdade. Eu vi, mas você parecia entretida conversando na hora do almoço. Então, eu a procurei depois da escola, mas o sr. Tan disse que você estava fazendo os ajustes de iluminação no teatro e não

podia ser incomodada. Esperei você depois do ensaio, mas não a vi sair com todos. Quero explicar o que aconteceu com minha história e o concurso.
 Eu queria muito ganhar. Minha vida está um saco desde que minha mãe morreu, e eu queria que algo desse certo. Daí veio o concurso de contos, e pensei que eu poderia vencer, ganhar o dinheiro e ser feliz! Eu sabia que sua história era ótima, e queria escrever uma que fosse tão boa quanto. E pensei que você ia querer sair comigo se eu fosse mais talentoso.
 Mas eu não conseguia escrever nada bom. Eu tentei. Tentei de verdade, e então, um dia, quando estava na tutoria com Robbie, li a história dele, e era tudo que eu queria escrever! Então, fizemos um acordo. Eu usei a história dele em troca de meu papel em *Romeu e Julieta*. Provavelmente você não entenda, mas para mim é muito importante ganhar o concurso e ser publicado. Eu sempre disse a minha mãe que seria famoso. Agora que ela morreu, tenho que ser famoso para que meu pai e eu possamos viver em uma casa grande e ter as coisas, e para que meu pai seja mais feliz e para que não percamos minha mãe!
 Eu só não consigo escrever uma história tão boa quanto a sua agora. Adorei sua história. Você é uma escritora, e uma atriz, e uma pessoa incrível, e eu não posso alcançá-la. Eu só queria ter uma das coisas que você tem.
 Enfim, eu não queria que você descobrisse.

Cordialmente,
Arthur Bean

**Programa de tutoria entre colegas —
Relatório de atividades
Data: 11 de maio
Assunto: "E se..."**

E se acabarmos com estas sessões estúpidas de tutoria? São uma perda de tempo para nós dois, e Robbie não precisa de mim. Ele tem ótimas ideias. Tudo que ele necessita é do corretor ortográfico do computador, e talvez um dicionário de sinônimos. Eu não estou ajudando Robbie, só complicando as coisas.
— Arthur

não ligue para Artie hoje. Ele está de *mal* humor
— Robbie

11 de maio

Querido DL,

Não entendo como pôde ter dado tão errado! Não tenho ideia do que Kennedy fez, ou se contou a alguém! Não consigo dormir. Eu devia estar com raiva de Robbie, mas ele está tão mal que eu não consigo nem ficar bravo com ele. Acho que uma coisa boa nisso é que Kennedy não está falando com ele também. Ele disse que no ensaio de ontem ela só disse suas falas e falou só com o sr. Tan. Não sei o que fazer. E se eu for reprovado? Escritores famosos não são reprovados na escola!

Cordialmente,
Arthur Bean

De: Arthur Bean (arthuraaronbean@gmail.com)
Para: Kennedy Laurel (imsocutekl@hotmail.com
Enviado: 12 de maio, 2h42

Querida Kennedy,

Recebeu meu e-mail? Não sei se você contou a alguém sobre meu erro com a história. Ninguém me disse nada, então, espero que tenha decidido não contar. Eu ficaria muito feliz se você pudesse guardar segredo. Eu não queria fazer você ficar com raiva de mim, e Robbie está muito feliz por estar na peça com você. Não sei o que você está pensando! Por favor, diga-me o que você está pensando!

Cordialmente,
Arthur Bean

⏩ ⏩ ⏩

De: Arthur Bean (arthuraaronbean@gmail.com)
Para: Kennedy Laurel (imsocutekl@hotmail.com)
Enviado: 13 de maio, 19h33

Querida Kennedy,

Você deve estar muito ocupada preparando-se para a peça, já que não tenho notícias suas nem a vejo muito na escola. Estarei lá na noite de estreia para vê-la! Se tiver uma chance, poderia me ligar para eu saber se você recebeu meu último e-mail?

Cordialmente,
Arthur Bean

De: Arthur Bean (arthuraaronbean@gmail.com)
Para: Kennedy Laurel (imsocutekl@hotmail.com)
Enviado: 13 de maio, 23h57

Querida Kennedy,

Por favor, Kennedy, por favor, diga-me o que está acontecendo. Não tive mais notícias suas! Eu só quero falar com você!

Arthur

E se eu não ganhasse o concurso de contos

Arthur Bean

Eu não inscrevi uma história no concurso de contos porque não tenho uma para contar este ano. Então, em vez de escrever uma história, tentei entrar para o time de badminton. Não consegui. Tentei montar um clube de cinema, mas nenhum professor quis abandonar seu horário de almoço para assistir a filmes.

Felizmente, tinha que participar de *Romeu e Julieta*.

Eu sabia de cor todas as minhas falas, e até improvisei uma que deixou a peça melhor.

Meu desempenho foi muito comovente e quase todos na plateia ficaram muito tristes quando Romeu morreu. No palco, eu podia ouvi-los fungando e assoando o nariz. Era como estar em um funeral de verdade.

Depois da peça, a menina que fazia o papel de Julieta ficaria tão emocionada com minha performance que me convidaria para sair e começaríamos a namorar.

A coisa mais triste de não ganhar o concurso é que era minha única chance de ser famoso realmente rápido.

Eu sempre me pergunto: *e se eu ganhasse?*, e fico triste. Sinto como se houvesse perdido todo meu talento para escrever e fosse acabar trabalhando como vendedor de carros usados, ou fazendo algo terrível, como dar aula de matemática.

Arthur,

Foi uma profunda reflexão sobre um evento recente. Muito bem, você contemplou os pontos positivos e negativos de não ganhar. No entanto, os tempos verbais estão confusos. É melhor escolher um período (passado, presente, futuro do presente) e usá-lo até o fim.

Sra. Whitehead

De: Arthur Bean (arthuraaronbean@gmail.com)
Para: Kennedy Laurel (imsocutekl@hotmail.com)
Enviado: 16 de maio, 16h15

Querida Kennedy,

Tudo bem? Robbie disse que a peça está quase pronta e que você fica linda com a roupa de Julieta. Mal posso esperar para ver! Ele também disse que você é muito boa para representar gente morta.
 Eu gostaria de ouvir seu ponto de vista sobre a peça. Talvez pudéssemos fazer uma entrevista para o jornal! Eu poderia entrevistá-la! Avise-me.
 Prometo que vou fazer uma ótima matéria!

Cordialmente,
Arthur Bean

▶▶ ▶▶ ▶▶

De: Arthur Bean (arthuraaronbean@gmail.com)
Para: Kennedy Laurel (imsocutekl@hotmail.com)
Enviado: 17 de maio, 20h04

Querida Kennedy,

Por favor, fale comigo! Eu sei que você está com raiva de mim, mas sinto falta de você como amiga, de verdade. Não sei mais o que fazer!

Cordialmente,
Arthur Bean

De: Kennedy Laurel (imsocutekl@hotmail.com)
Para: Arthur Bean (arthuraaronbean@gmail.com)
Enviado: 17 de maio, 21h56

Arthur.
    Pare de ME ESCREVER. Eu não preciso de trapaceiros e perdedores em minha vida. DEIXE-ME EM PAZ PARA SEMPRE!!!!!!

Sinceramente IRRITADA,
Kennedy Laurel

19 de maio

Querido DL,

Kennedy me odeia. É oficial. Ela me mandou um e-mail dizendo isso, e pediu a Catie para me dizer para deixá-la em paz — o que ela fez, em voz alta, na frente de todo o mundo antes da aula de ciências hoje. É uma merda. Agora perdi tudo, e a única pessoa que resta é Robbie Zack. Ele é a única pessoa que ainda fala comigo.

 Já tentei de tudo, DL.

 Não posso contar a Luke o que fiz, porque ele acha que sou muito legal, e não quero que pense que não sou.

 Não posso contar a Nicole porque ela vai pirar e contar a meu pai.

 E, obviamente, não posso contar a meu pai, especialmente porque ele começou a sair de casa de novo para fazer caminhadas e tal, e não quero atrapalhar.

 Estou sozinho nessa confusão. Bem, sozinho com você. Pelo menos você nunca vai ficar com raiva de mim! HAHA! Você não pode! Você não pode sequer falar!

 Mas imagine como seria assustador se você começasse a responder para mim... seria uma incrível história de terror!

Cordialmente,
Arthur Bean

Tarefa: A Primavera Floresceu!

Com a primavera chegam todos os tipos de mudanças no mundo. Adoro semear meu jardim e ver os lilases em floração!
 Escrevam um parágrafo descritivo sobre a primavera. Olhem ao redor quando estiverem andando a pé, ou ao redor de sua casa ou da escola. O que vocês observam com a chegada da primavera?

Data de entrega: 24 de maio

21 de maio

Arthur Bean
Ap. 16, 155 Tormy Street
Calgary, AB

Revista *Writers Write Now*
Caixa Postal 134 Stn M
Calgary, AB

A quem possa interessar,

Houve um erro na atribuição da autoria ao vencedor do concurso da Terry Fox Junior High de escritores mirins.
  Meu nome, Arthur Aaron Bean, foi atribuído à história *História de amor fantasma*.
  O verdadeiro autor é Robert Zack; eu o ajudei muito com a história, por isso meu nome talvez devesse ser mencionado também.
  O autor deveria ler: escrito por Robert Zack, com a ajuda de Arthur Bean.

Cordialmente,
Arthur Bean

Primavera

Arthur Bean

Quando chega a primavera abrimos as janelas em casa. O ar fresco se infiltra no sofá e cadeira, e ainda que esteja muito frio para abrir as janelas, abrimos do mesmo jeito. Meu pai e eu ficamos com os cobertores até o queixo para assistir à televisão, mas nenhum dos dois vai sugerir fechar a janela. De alguma maneira, a sala de estar parece mais brilhante. Talvez seja porque a roupa é colocada na varanda, em vez de ficar na frente da lareira e na sala de jantar.
O cheiro da primavera.
É como se toda a cidade se transformasse em uma fazenda. Meu pai diz que é o vento proveniente das fazendas fora da cidade, mas tenho quase certeza de que são só todos os excrementos dos cães que as pessoas não recolhem o inverno inteiro que aparecem.
    Nesta primavera há mudanças acontecendo. Nicole convenceu meu pai a se inscrever em um tipo de aula de ioga, mesmo que ele nunca tenha feito ioga antes. Nicole está namorando, e diz que está apaixonada. Pickles desapareceu de novo, mas ainda dá para ver suas pegadas na neve do lado fora do prédio, então eu sei que ela está por perto. Ela é muito chata, mas eu gosto de tê-la por perto.
    Só falta uma manga para terminar a blusa que estou tricotando. Queria que minha mãe estivesse aqui para me ver usá-la.

Caro Arthur,

Gostei de seu foco nas mudanças que acontecem em seu apartamento, e não apenas nas mudanças naturais que acontecem fora. Gostei de sua descrição honesta e direta. Espero que termine logo a blusa. Eu adoraria vê-la!

Sra. Whitehead

LEMBRETE:
Seus contos (que começaram em fevereiro) devem ser entregues em 6 de junho; faltam apenas duas semanas. Tenho certeza de que vocês têm se esforçado em suas histórias, e tenho certeza de que nenhum de vocês vai escrever freneticamente neste fim de semana (só uma dica). Sintam-se à vontade para falar comigo se tiverem alguma pergunta, e lembrem-se de checar a ortografia e revisar a história antes de entregá-la!
Sra. Whitehead

24 de maio

Querido DL,

Tudo que eu faço hoje em dia é escrever coisas sobre as quais não quero escrever. Fico imaginando se os escritores famosos às vezes odeiam escrever também. Se bem que pelo menos eles ganham milhões de dólares para escrever.

Cordialmente,
Arthur Bean

▶▶ ▶▶ ▶▶

25 de maio

Revista *Writers Write Now*
Caixa Postal 134 Stn M
Calgary, AB

Arthur Bean
Ap. 16, 155 Tormy Street
Calgary, AB

Caro sr. Bean,

Recebemos sua carta a respeito da mudança autoral no conto do concurso da Terry Fox Junior High que será publicado na edição de junho da revista *WWN*. Para fazer a mudança, precisamos de uma carta da escola, bem como uma carta de Robert Zack afirmando que ele coescreveu *História de amor fantasma*. As cartas podem ser enviadas como anexos, e devem ser recebidas antes de 10 de junho, para que a alteração seja feita antes de a revista ser impressa.

    Caso tenha alguma dúvida, por favor, não hesite em nos contatar durante o horário comercial. Informações de contato abaixo.

Cordialmente,
Erin Kennedy
Erin Kennedy
Editora, Revista *WWN*
Fone: (222) 539-8909
E-mail: (erin.w.kennedy@gmail.com)

▶▶ ▶▶ ▶▶

27 de maio

Querido DL,

Por que nada é fácil? Eu tento fazer a coisa certa, e agora fica mais difícil ainda. Eu queria desaparecer. Não seria difícil; não tenho mais nada. Eu dei a Robbie o crédito por sua história e meu papel de Romeu. Kennedy não fala mais comigo. A sra. Whitehead espera uma história para a aula.
 Notei que uma menina que se chama Kennedy é editora da revista. Isso é um sinal de que estou fazendo a coisa certa, não é? Eu roubei um pedaço de papel timbrado da escola hoje para poder enviar uma carta. Aposto que some um monte de papel timbrado. Estou surpreso por eles simplesmente o deixarem ao lado da impressora. As crianças podem até fazer novos boletins, se quiserem.

Cordialmente,
Arthur Bean

▶▶ ▶▶ ▶▶

Programa de tutoria entre colegas —
Relatório de atividades
Data: 30 de maio
Tarefa: Ideias de histórias

 primeiro trabalhamos em minha HQ, e Artie me ajudou a criar um *titulo*. Vou chamá-la de "Praga de mosquito", porque fala de *incetos* que invadem a cama das pessoas enquanto elas dormem e sugam seu *sérebro* através dos olhos e as *fasem* agir como mosquitos.

Daí ajudei Artie a ter algumas ideias para sua *istória* para a aula, porque ele *precizava* de ajuda não eu. O jogo virou hahaha
— Robbie

Concordo.
— Arthur Bean

JUNHO

3 de junho

Cara sra. Whitehead,

Não tenho uma história para a tarefa de contos. Tenho ideias para um monte de histórias, mas não dá certo quando tento escrevê-las. Acho todas terríveis. Tentei escrever alguma coisa, mas não me resta nenhuma história dentro em mim. Lamento decepcioná-la.

Cordialmente,
Arthur Bean

Caro Arthur,

Gostaria que houvesse falado comigo antes sobre a tarefa do conto, em vez de esperar até a sexta-feira antes da data de entrega.
   No futuro, por favor, procure-me mais cedo quando tiver dificuldades com as tarefas.
   Dito isso, lamento que você se sinta assim sobre suas histórias. Eu acho que

você promete de verdade ser escritor, mas às vezes é muito difícil começar (ou acabar). Até os escritores famosos muitas vezes ficam atolados em suas próprias ideias, ou questionam seu trabalho. Arthur, você é um excelente escritor. Seus poemas são bem trabalhados, você pensar de forma criativa e tem uma inteligência afiada. Sua história para o concurso de contos foi uma das poucas que eu li, mas foi muito bem escrita. Posso aceitar essa história como sua tarefa.

   Cabeça erguida, Arthur! Você ainda tem o fim de semana para pensar em algo. Eu sei que escrever às vezes é difícil, mas siga em frente!

Sra. Whitehead

Cara sra. Whitehead,

Não quero usar essa história para minha tarefa. Acho que ela não mostra minhas melhores qualidades. Eu preferiria tirar zero.

Cordialmente,
Arthur Bean

Arthur, sua história não precisa ser longa; algumas páginas são suficientes! Por que não faz uma lista de suas ideias, e poderemos discutir e detalhar uma delas. Às vezes ajuda discutir com outra pessoa para descobrir o que você quer dizer ou aonde quer chegar com a história. Venha falar comigo depois da aula e poderemos discutir isso. Não acredito que você não tem uma história dentro de si!

Sra. Whitehead

Ideias de Histórias

Arthur Bean

Viu, sra. Whitehead? Não tenho nada.

▶▶ ▶▶ ▶▶

6 de junho

A Quem Possa Interessar,

Por favor, dispensem Arthur Bean da escola amanhã.

Obrigado,
Ernie Bean

⏭ ⏭ ⏭

7 de junho

Querido DL,

Hoje é aniversário da morte de mamãe. Não fui à escola hoje. Achei que meu pai ia querer ir ao cemitério de novo, mas não foi. Ele só foi fazer aula de meditação e me deixou aqui no apartamento, sozinho. Eu achei que os pais deviam dar atenção a seus filhos, e não só fazer o que quisessem. Por que eu tenho que ficar aqui sozinho, totalmente sozinho?? O que devo fazer hoje?? Por que tenho que ficar sozinho no pior dia do ano??? Eu o odeio!!! Não quero nem ser uma pessoa hoje. Eu preferiria ser um inseto, ou algo sem memória, ou até mesmo sem consciência. Já é amanhã?

Cordialmente,
Arthur Bean

De: Robbie Zack (robbiethegreat2000@hotmail.com)
Para: Arthur Bean (arthuraaronbean@gmail.com)
Enviado: 7 de junho, 19h52

artie vc *num* apareceu na tutoria e *axo* que sei *porque*. cara, eu sei que não está tudo bem porque sua mãe *moreu*, porque nunca pode ficar tudo bem por isso. mas se vc *quizer* jogar Minecraft esta semana, pode *vim* aqui se quiser.

▶▶ ▶▶ ▶▶

8 de junho

Querido DL,

Eu achei que hoje seria um pouco melhor, mas não é. E agora meu pai está se arrastando pela casa calado porque eu gritei com ele ontem e ele não sabe o que fazer. Então, mesmo achando que isso não é possível, eu me sinto ainda pior por fazê-lo se sentir mal. Eu sei que ele está triste também. Acho que nossas tristezas são diferentes demais para que fiquemos tristes juntos. Isso é possível? Duas pessoas podem sentir saudades da mesma pessoa de maneiras diferentes?
    DL, eu não sei o que quero fazer. Achei que estaria tudo bem agora, já se passou um ano inteiro. Mas, sabe de uma coisa, DL? Robbie está certo. Nunca vai estar tudo bem. Só espero que vá ficando mais fácil. Não posso ficar triste a vida inteira, não é? Talvez este ano tivesse que ser uma merda mesmo. Eu não acredito em destino, mas tenho que atribuir isso a alguma coisa. Então, hoje, vou acreditar em destino.

Cordialmente,
Arthur Bean

De: Arthur Bean (arthuraaronbean@gmail.com)
Para: Erin Kennedy (erin.w.kennedy@gmail.com)
Enviado: 8 de junho, 20h26

Cara sra. Erin Kennedy,
   Aqui estão as duas cartas de que necessita para trocar meu nome pelo de Robbie em *História de amor fantasma*. Um deles é um e-mail e o outro é uma carta em papel timbrado da escola de verdade.

Cordialmente,
Arthur Bean

Anexos: **e-mail; carta**

De: Robbie Zack (robbiethegreat2000@hotmail.com)
Para: Arthur Bean (arthuraaronbean@gmail.com)
Enviado: 8 de junho, 19h11

artie, aqui esta seu e-mail dizendo que eu escrevi *Istória* de amor fantasma. Eu escrevi e você editou e tal. É disso que vc precisa? Não sei pra que vc precisa disso. Quer uma *sequencia*, rs?
   E vc vai no baile na próxima sexta? seu pai pode me dar uma carona? meu pai disse que tem um *incontro* essa noite. Dá *pra* acreditar que o cara já tem uma namorada depois que minha mãe foi embora??? ele deve ser bonito. Devo ter puxado meu charme dele!

robbie

Terry Fox Junior High
103 Camirand Drive, Calgary AB
Tel: (222) 274-7547
"Onde a perseverança encontra a excelência"

8 de junho

Revista *Writers Write Now*
Caixa Postal 134 Stn M
Calgary, AB

Cara Erin Kennedy,

Por favor, aceite esta carta como prova de que a Terry Fox Junior High, "onde a perseverança encontra a excelência", está ciente da mudança de autoria no conto que enviamos para a edição de escritores mirins da revista *Writers Write Now*. O autor de *História de amor fantasma* é Robert Zack, com a ajuda de Arthur Bean. Obrigado por fazer a mudança de última hora. Lembre-se de que ambos os nomes podem ser publicados na história, se quiser.

Cordialmente,
Sra. A. Whitehead
Professora de inglês

▶▶ ▶▶ ▶▶

13 de junho

Querido DL,

Perguntei ao sr. Everett se eu podia ensaiar *Romeu e Julieta* esta semana. É minha chance de pedir desculpas e mostrar a Kennedy o quanto ela significa para mim. Espero que ela esteja bem, porque estou realmente cansado de mentir. Também mandei a carta para a revista. Acho que tudo bem. Vai ser bom que minha primeira história só com meu nome seja minha de verdade, não de outra pessoa. Eu até me sinto um pouco melhor, mais que quando ganhei.

    Fico imaginando se Kennedy vai gostar de mim de novo quando ela vir que eu consertei as coisas. Acho que sim. Na verdade, eu não tinha que consertar. Robbie disse que eu devia lhe mandar um buquê de flores também, mas olhei quando estávamos na loja, e flores são muito caras! Mas acho que é melhor eu fazer isso. Tenho que fazer algo legal!

    Cheguei a casa hoje e havia dois livros novos em minha cama. Um era sobre como escrever romances, e outra era de tricô para garotos. Meu pai não disse nada, mas eu agradeci a ele, de qualquer maneira. Os dois parecem legais, e meu pai disse que marcou uma touca que quer que eu faça para ele.

Cordialmente,
Arthur Bean

▶▶ ▶▶ ▶▶

14 de junho

Cara sra. Whitehead,

Eu ainda não entreguei uma história, mas acho que posso fazer algo a respeito. Tudo bem se eu entregar esta semana? Sei que eu disse que tiraria zero, mas tenho certeza de que escritores de verdade não fariam isso. Talvez a senhora nem me dê nota de tão bom que vai ser!

Cordialmente,
Arthur Bean

Arthur,

É claro que vou aceitar sua tarefa atrasada. Fico feliz por você ter conseguido encontrar inspiração esta semana. Observe, porém, que vou ter que tirar nota por causa do atraso. É justo para com o resto da classe. Estou ansiosa para ler sua história.

Sra. Whitehead

⏩ ⏩ ⏩

Plateia em pé ovaciona *Romeu e Julieta*

Arthur Bean

No fim de semana passado, a Terry Fox Junior High foi agraciada com a mais triste versão de *Romeu e Julieta* já realizada. O Clube de Teatro trabalhou na produção durante a maior parte do inverno, e seu grande empenho foi definitivamente recompensado. Primeiro, o cenário era ótimo. O sr. Tan decidiu montar a peça como se fosse hoje, e assim, o cenário eram dois edifícios coloridos, com as necessárias varandas para uma versão adequada de *Romeu e Julieta*. O coro mudava as cenas de forma eficiente, utilizando um pano preto para criar o túmulo e as cenas com os frades. O contraste entre as cores e o preto também definia muito bem o clima das cenas.

Além disso, a atuação foi muito realista. O sr. Tan tinha um elenco pequeno para dividir muitos dos papéis menores. Por meio de mudanças de vestuário e no jeito de caminhar, cada personagem era bem reconhecível, mesmo para os membros da audiência que nunca leram a peça, como meu pai. Benjamin Crisp foi hilário como a ama de Julieta, especialmente quando teve um problema com a roupa e sua saia caiu. Sua sagacidade e habilidade de improvisação vieram a calhar.

Mas ninguém pôde roubar o show da talentosa Kennedy Laurel, que interpretou Julieta. Ela interpretou suas falas como se houvessem sido escritas nos dias de hoje, e fez o público realmente acreditar que amava Romeu. Foi difícil acreditar que a menina de vestido de baile era a mesma atleta tão competitiva na quadra de vôlei. Robbie Zack (Romeu) foi fácil de entender, e esteve muito bom em seu papel, especialmente porque só começou a ensaiar em abril. Suas cenas juntos foram fortes e convincentes, e o público ficou muito triste quando ambos morreram no final. Até meu pai chorou um pouco, apesar de dizer que era só alergia. Foi uma performance cinco estrelas do Clube de Teatro, e para quem teve a sorte de ver uma (ou todas) das três apresentações com ingressos esgotados foi uma peça para recordar.

Excelente avaliação, Arthur! Fico feliz de ver que você conseguiu ser bem objetivo sobre a peça. Ainda temos uma edição da "Marathon"; você gostaria de escrever um artigo sobre suas experiências este ano? Eu estava pensando em um artigo de opinião tipo "Análise anual". Por que não chamá-lo de "Arthur desconhecido"? Saúde!

Sr. Everett

⏵⏵ ⏵⏵ ⏵⏵

De: Kennedy Laurel (imsocutekl@hotmail.com)
Para: Arthur Bean (arthuraaronbean@gmail.com)
Enviado: 16 de junho, 18h05

Querido Arthur,

Obrigada por seu brilhante comentário de Romeu e Julieta. Você escreveu coisas muito gentis, e foi bom ler. Também agradeço o buquê de flores. As rosas foram uma surpresa em minha mesa no camarim, e o cartão foi meigo. No início, achei que eram de Sandy, rs!
    Ainda acho que o que você fez foi muito errado. Robbie me disse que você consertou o erro na revista, o que era a coisa certa a fazer. Ainda assim, não acredito que você fez aquilo! Ano que vem, você TEM que ser meu parceiro no concurso, para eu saber que você não estará trapaceando!
    De qualquer forma, obrigada pela crítica e pelas flores. Gostei de ambos, e aceito seu pedido de desculpas no cartão.

Kennedy ☺

De: Arthur Bean (arthuraaronbean@gmail.com)
Para: Kennedy Laurel (imsocutekl@hotmail.com)
Enviado: 16 de junho, 18h26

Querida Kennedy,

Estou muito feliz porque você gostou das flores! Foram bem caras também! Meu pai disse que rosas eram a flor favorita da minha mãe, e ele me ajudou a encontrar as perfeitas! Tudo que eu disse no cartão é verdade. Acho que você foi incrível e sinto muito por tê-la decepcionado. Você foi ótima como Julieta, e eu realmente acreditei que você e Robbie estavam apaixonados. Então, você deve ser uma grande atriz, certo? Hahaha. Você e Robbie não estão namorando, não é? Vocês ainda são só amigos, certo?
    Talvez nós três possamos ir ver um filme juntos, como amigos? Acho que seria bem divertido. Meu pai provavelmente pode nos levar. Ele vai para a ioga quase todas as noites, e a aula é ao lado do cinema.

Cordialmente,
Arthur Bean

▶▶ ▶▶ ▶▶

17 de junho

Cara sra. Whitehead,

Aqui está meu conto. Obrigado por estender o prazo e me ajudar a pensar em uma história. Foi legal de sua parte isso.

Cordialmente,
Arthur Bean

Balada do Ladrão de Gatos

Arthur Bean

Esta é a balada de Artie o Descolado,
Pickles, a gatinha, e Frank Dack, o malvado
E de um resgate tão ousado que virou mito.
(Mas não se preocupem, senhoras, não haverá
sangue, tenho dito.)
O bichano de Artie Frank quer que seja seu,
Pois lhe lembra Bradley, seu gato que morreu.
Ouça agora o conto da gatinha comigo.
(E entenda por que Frank
é de Artie inimigo.)

Como Frank é malvado, usa artifícios
e rouba Pickles sem deixar vestígios!
Ele mostra Pickles a Sophie, a garota dos seus
sonhos,
Que ama gatinhos, seus arrulhos e miados risonhos!

Mas Artie está arrasado! Muito triste, é só desolação.
(E isso não é bom para esse rapaz bonitão.)
Passa o fim de semana; mas não passa o susto.
A gata de Artie está desaparecida. O mundo não é justo!

Na segunda de manhã, indo para a escola Artie se anima
Pois ouve um barulho fraco saindo
da casa à beira da piscina.
Ele para um instante — Meu Deus, é verdade!
É o miado de Pickles! Que felicidade!

Ele vê na caixa do correio... Frank Dack mora ali!
Artie pensa, animado: "Então Pickles está aqui!"
Precisa sua gatinha de volta pegar!
Ele para, pensa e planeja como a resgatar!

É noite, Artie, se esgueira até a casa de Frank.
Veste-se de fantasma, esconde-se atrás do tanque.
Vai para o corredor, lamenta-se e geme.
Agita as maçanetas, chacoalha o lençol e treme.

Ele brinca com as cortinas e joga coisas no chão,
Mas Frank não se impressiona,
não acredita em fantasmas, não.
"Você não é um fantasma!", grita para o corredor.
"Eu sei que você é apenas um perdedor."

"Quem quer que esteja sob esse lençol, corra
Ou então, morra!
Pois se eu chamar a polícia, você vai se ferrar."
E Artie corre dali, com o desespero a lhe assolar.

Ele fica acordado a noite toda, preocupado,
inquieto, pensando.
Parece que suas opções estão acabando.
Ele cai no sono quando o sol começa a raiar

E então, BUM! Eis a solução que
ele esperava encontrar.
Seu novo plano é brilhante! O sucesso é seguro.
Seus métodos são obscuros, mas seu motivo é puro!
Ele se arma: comida de gato — Pickles é gulosa —
E uma rede que tricotou, cor-de-rosa...

Artie assobia para Pickles, e a gata, em cima do muro,
Vê seu antigo dono e agita seu rabo escuro.
Artie abre a comida para que o cheiro a atraia
e Pickles sente o aroma do alto de sua atalaia.

Artie abre a rede de tricô para uma queda segura
(mesmo com sete vidas, o chão é uma parada dura).
Faz um gesto para Pickles: "Confie em mim.
Pode pular."
E a gata flutua! E cai na rede a ronronar.

Pickles e Artie, juntos novamente!
E Frank arrependido, certamente!
Pois o resgate foi visto, com certeza
por Sophie, a rainha adolescente do amor e da beleza.

Sophie vê Pickles voar alto como uma pomba
e, ao ver Artie, a paixão explode como uma bomba,
Todas as mulheres adoram um garoto que saiba tricotar,
Ainda mais bonito e sagaz, é de arrasar.

Eles patenteiam a rede salvadora de gatos
E então, emolduram seu amor em porta-retratos!
(E quanto a esse cara, Frank, ficou mal na fita,
trabalha na lanchonete servindo batata frita.)

Fim

Caro Arthur,

*Você escreveu um poema encantador!
Seu senso de humor brilha e suas rimas
são bem variadas. Achei ótimo você ter
encontrado uma maneira de "tricotar"
alguns elementos de sua própria vida no
enredo. Bom trabalho!*

Sra. Whitehead

▶▶ ▶▶ ▶▶

20 de junho

Querido DL,

Cheguei a uma conclusão muito importante. Eu, Arthur Aaron Bean, sou um homem de poucas palavras. Não preciso de frases longas e arrastadas para descrever adequadamente uma cena, ou um personagem, ou uma trama. Não preciso de parágrafos para atrair meus leitores.
    Eu sou um poeta. Minhas histórias podem ser contadas em rajadas curtas. Na verdade, minhas histórias são mais fortes assim. Eu poderia ser o próximo grande poeta norte-americano, como Alfred Tennyson e William Blake. Meu trabalho será lido nas salas de aula nos próximos anos, aposto. Vão dizer que meu trabalho gira em torno de problemas do mundo real, e que eu vim de um contexto difícil, mas superei tudo por minha arte; aposto.
    Você acha que poetas ganham muito dinheiro?

Cordialmente,
Arthur Bean

De: Arthur Bean (arthuraaronbean@gmail.com)
Para: Kennedy Laurel (imsocutekl@hotmail.com)
cc: Robbie Zack (robbiethegreat2000@hotmail.com)
Enviado: 20 de junho, 15h50

Querida Kennedy,

Você não respondeu se queria ir ao cinema comigo e Robbie.

Perguntei a Robbie, e ele ficou animado — como amigos. Enfim, avise-nos! Nós pagamos!

Cordialmente,
Arthur Bean

▶▶ ▶▶ ▶▶

Diário de Leitura

Lembram-se dos diários de leitura que começaram em setembro? Embora sejam para anotar reflexões sobre suas leituras, eu gostaria de ver algumas delas. Por favor, tragam seus diários para eu ver o trabalho de vocês. Vocês tem pouco tempo para polir o diário, se desejarem, ou para revisar páginas específicas (o que significa esconder páginas que não gostariam de compartilhar comigo, caso tenham reflexões pessoais. Podem fechá-las com uma fita, ou grampeá-las juntas). Estou ansiosa para ler sobre as leituras de vocês!

Data de entrega: 23 de junho

21 de junho

Querido DL,

A sra. Whitehead quer que ENTREGUEMOS nossos diários de leitura? Eu não posso entregar você! O que você faria sem mim? Acho que não devo entregá-lo. Você e eu já passamos por muita coisa juntos este ano. Além disso, mesmo que a sra. Whitehead diga que não vai ler a parte privada, acho que vai. Ela é intrometida. Como se ela não quisesse saber os pensamentos privados de seus alunos. Se eu fosse professor, eu leria tudo! Vou ter que passar fita adesiva em quase todas as páginas. Espero que ela pense que eu li um monte de livros. Vou escrever algumas reflexões falsas, começando... AGORA!

Cordialmente,
Arthur Bean

30 de novembro

Querido Diário de Leitura,

Este mês eu li alguns livros que Luke me mandou. Luke é meu primo, e lê muito. Eram todos romances de ficção científica. Achei a maioria legal, mas não gosto de livros que se passam no espaço sideral. Eu sei que deve parecer estranho, já que todos os *nerds* gostam de *Star Trek*. Isso deve provar como eu sou legal... HA!
    Enfim, depois que passei as partes do espaço, as histórias ficaram bem legais. Havia muita luta, e um monte de cenas estranhas de sexo alienígena. Eu pulei essas partes. No final, o capitão Mark Freeloader conquistou a liberdade do universo. Que sobrenome é esse, Freeloader? Parece que o cara está sempre tomando emprestado coisas de outras espécies e não devolve; mas, ainda assim, é meio óbvio, não acha? A menina do livro se chamava Guidonna. Acho que é uma versão feminina de Guido. Dá para fazer uma versão feminina de qualquer coisa! Quando li isso, decidi que eu vou chamar minha próxima personagem de Franklina. Ou

talvez a chame de Arthura; se bem que isso parece parte do corpo, ou talvez uma doença exótica. Aposto que Guidonna contrai Arthura no próximo livro de Mark Freeloader, e ele tem que ir até um planeta hostil para conseguir o antídoto. Aposto que vão fazer filmes dos livros. Eu assistiria aos filmes, provavelmente. Desde que Richard Gere não trabalhe neles. Minha mãe amava seus filmes, mas eu o acho chato.

Um livro que eu posso dizer que não vou ler é o que tia Deborah me deu. *As flores precisam de chuva — Manual do luto*. Vou deixá-lo na chuva e ver se nascem rosas dele. Ha! Parece tão chato que às vezes, quando não consigo dormir, só de olhar para ele, bam! Terra dos sonhos! Funciona melhor que meu livro de matemática.

Eu leio tanto que acho que este diário não vai dar para tudo. Só esta semana li três livros. Eu leio muito rápido. Minha mãe dizia que eu lia rápido, mas ela não acreditava que eu realmente lia todas as palavras ou prestava atenção ao enredo. Mas eu sou rápido, só isso!

Acho que no próximo mês vou ler só livros importantes. Há muitos livros cuja quarta capa, ou uma das sinopses do livro, diz: "Este é um livro importante." Como meus próprios livros serão importantes, acho que devo ler alguns desses e ver o que preciso fazer.

Quem decide se são importantes, eu me pergunto? Ser um livro importante significa que vidas mudaram ao lê-lo? Isso é o que eu quero que aconteça com meus leitores. Provavelmente vou escrever neste diário de leitura sobre como minha vida mudou com os livros que li. Este diário de leitura provavelmente será profundamente pessoal (outra das minhas frases favoritas, que aparecem nas capas dos livros!). E as minhas reflexões vão evocar muita emoção! Será como quando minha mãe leu um livro sobre um garoto cujo pai morreu nas Torres Gêmeas; ela chorou por horas, mesmo depois de já ter terminado o livro! Mas eu não choro com livros. Talvez isso seja um sinal de que eu não li livros importantes, profundamente pessoais. Ha!

Cordialmente,
Arthur Bean

▶▶ ▶▶ ▶▶

Tarefa: Conclusões/Finais Alternativos

Estamos chegando ao fim de nosso ano juntos, e é hora de aprender a encerrar uma boa história. A conclusão de qualquer grande história não precisa dizer tudo, mas precisa amarrar a maioria das pontas soltas, e talvez deixar o leitor querendo mais, ou feliz com a situação dos personagens (os melhores escritores são capazes de fazer as duas coisas ao mesmo tempo!).

Nesta tarefa, gostaria que pegassem um conto de fadas bem conhecido e reescrevessem o final. Como vocês sabem, todos os contos de fadas terminam com "E viveram felizes para sempre". E se Cinderela não conseguisse experimentar o sapato, o que aconteceria? E se os anões não hospedassem Branca de Neve, ou se a Bela não voltasse para a Fera? Dê um final novo e criativo a uma história bem conhecida.

Data de entrega: 27 de junho

▶▶ ▶▶ ▶▶

**Programa de tutoria entre colegas —
Relatório de atividades
Data: 23 de junho
Assunto: Finais**

artie e eu matamos todos os *prínsipes* encantados já criados até hoje. Foi demais!
— Robbie

Robbie e eu achamos que os finais mais efetivos são aqueles em que os bandidos morrem. No fim, achamos que matar todos os Príncipes Encantados seria melhor para todas as meninas que ficam esperando seu príncipe. Robbie e eu ficaremos felizes de representar esse papel para qualquer princesa jovem e linda, rica e com seu próprio carro.
— Arthur Bean

▶▶ ▶▶ ▶▶

Arthur Desconhecido!

Arthur Bean

Olá, fãs e leitores!
　Bem-vindos a minha nova coluna, uma observação extremamente divertida do mundo na Terry Fox Junior High!
　Fui convidado a escrever um artigo reflexivo sobre a "Análise do ano", minha opinião sobre como foi começar o fundamental II.
　Gostaria de começar com os nonos anos. Por que eles não conhecem ninguém do sétimo ano? Tenho certeza de que eu reconheço toda a classe de formandos, mas quando digo olá para eles no supermercado, ou onde

quer que seja, eles olham para mim como se eu fosse um estranho total. Isso é esquisito. Talvez eu devesse segui-los e descobrir o que eles compram. Da próxima vez, posso contar a vocês se compram laxantes ou creme para espinhas! Cuidado, nono ano!
 Eu também acho que nossos uniformes são muito feios. Azul e dourado? Será que são comprados na em Ikea? Pelo menos nossa equipe de atletismo ficou em último na divisão este ano. Se houvessem sido bem rápidos, teriam parecido alguém passando mal depois de beber Kool-Aid e comer bolo de limão! Talvez ano que vem haja corredores de verdade na equipe!
 Faltam algumas coisas em nossa escola também. Eu não esperava ter que aturar o terrível fedor proveniente da aula de culinária do oitavo ano! Sopa de hambúrger? Parecia mais hambúrguer de cocô, digo eu!
 Eu tenho muitas mais observações, mas prefiro guardar algumas para o próximo ano letivo. Fique atento a esta coluna no próximo *Arthur Desconhecido*!

E aí, Arthur,

Uau! Vou manter este artigo longe da gráfica; não é exatamente o que eu tinha em mente. Estou meio preocupado, você pode apanhar se eu publicar essas observações! O mais importante a lembrar é: não precisa tentar ser engraçado! Sua sagacidade transparece em suas matérias regulares; eu sei o que você tentou fazer, mas não funciona. O que você achou que seria ironia parece mais como insulto. É meio grosseiro, em vez de engraçado.

Eu esperava que você compartilhasse com seus leitores seus medos e preocupações; você é um cara legal, tenho certeza de que todos iriam se deliciar com os seus sucessos e lamentar seus fracassos. Podemos falar mais sobre isso no próximo ano letivo (Espero que em setembro você ainda faça parte do jornal!)
    Tenha um ótimo verão, Arthur!

Saúde!
Sr. E.

⏵⏵ ⏵⏵ ⏵⏵

De: Kennedy Laurel (imsocutekl@hotmail.com)
Para: Arthur Bean (arthuraaronbean@gmail.com)
cc: Robbie Zack (robbiethegreat2000@hotmail.com)
Enviado: 26 de junho, 21h12

Queridos Arthur E Robbie!

Desculpem por eu não responder sobre o cinema! Andei TERRIVELMENTE ocupada! E vamos viajar neste verão. Vamos para a Malásia, onde meu pai trabalha. NÃO ME PERGUNTEM POR QUÊ! (Vamos todo ano! Até alugamos uma casa! FAZ TANTO CALOR, rs!) Normalmente nos divertimos quando viajamos, mas este ano parece ser TERRÍVEL! Meu irmão não quer ir, e meu pai o está forçando a sair de férias com a família! Eu acho que é uma PÉSSIMA ideia!
    Ah, e eu não contei que estou de namorado novo! Ele é irmão de minha vizinha babá — complicado, eu sei, rs! ENFIM, eu o andava vendo muito! Perguntei

se ele queria ir ao cinema conosco e ele achou legal! Além disso, ele quer conhecer Robbie, o menino que me beijou na frente da escola INTEIRA, rs! Ele disse que ficou com ciúmes! Cuidado Robbie, ele joga futebol, rs!!!

    Talvez possamos ir no último dia de aula, para comemorar o fim do ano!

    Avisem- me!

Kennedy ☺

De: Robbie Zack (robbiethegreat2000@hotmail.com)
Para: Arthur Bean (arthuraaronbean@gmail.com)
Enviado: 26 de junho, 22h35

recebeu a resposta de k? já odeio esse cara. eu me empenhei o ano todo *pra* ela gostar de mim.

De: Arthur Bean (arthuraaronbean@gmail.com)
Para: Robbie Zack (robbiethegreat2000@hotmail.com)
Enviado: 26 de junho, 22h37

É isso aí. Concordo.

Arthur

⏩ ⏩ ⏩

De: Arthur Bean (arthuraaronbean@gmail.com)
Para: Kennedy Laurel (imsocutekl@hotmail.com)
cc: Robbie Zack (robbiethegreat2000@hotmail.com)
Enviado: 27 de junho, 22h42

Querida Kennedy,

Estou contente por você poder comemorar o fim das aulas conosco. Acho que, já que seu namorado vai, ele pode pagar para você! Isso significa que Robbie e eu podemos comprar pipoca!
   Amanhã conversamos na escola para ver a que filme vamos assistir. Vejo você no ginásio.

Cordialmente,
Arthur Bean

A Princesa e o Sapo
— Final Alternativo

Arthur Bean

— Não, você tem que me beijar! — implorou o sapo à princesa assustada.
   — Eca! Não! — gritou ela, e jogou o sapo na parede de seu quarto.
   Ele bateu na parede cor-de-rosa com um baque forte e escorregou para o chão. E então, a coisa mais mágica aconteceu. O sapo começou a crescer e se transformar, até que ficou do tamanho de um humano real. A princesa ficou chocada.
   O príncipe, porém, parecia meio... engraçado. Sua capa não tinha o roxo principesco; era preta com bainha vermelha. Seu cabelo não estava

desgrenhado e crespo, e sim penteado para trás, grudado na cabeça, bem oleoso. Ele era estranhamente pálido, e seus dentes eram afiados e saíam da boca.

— Você é... você é... um... — sussurrou a princesa.

— Um vampiro — concluiu o príncipe grandiosamente. — O Príncipe das Trevas, a seu dispor.

— Mas você disse que era um príncipe sob um feitiço maligno!

— Disse? Estou meio disléxico. Eu quis dizer que sou maligno sob o feitiço de um príncipe.

O príncipe sorriu.

A princesa recordou a lagoa onde haviam se conhecido. Engasgou.

— Todos aqueles sapos e peixes mortos... foi você?

O príncipe assentiu.

— E você achou que era coisa do meio ambiente, como chuva ácida e tal — riu ele. — Ah, garotas, às vezes vocês são tão estúpidas!

Então, em um piscar de olhos ele a pegou pela garganta.

— Mas, sabe de uma coisa, querida? Princesas são doces...

E mordeu seu pescoço com um suspiro faminto.

Fim

Arthur,

Definitivamente, fiquei surpresa com sua escolha do final para esse conto clássico. Acha que ele combina com o estilo do resto da história?

Sra. Whitehead

▶▶ ▶▶ ▶▶

1º de dezembro

Querido Diário de Leitura,

Eu li dezessete livros da série Mark Freeloader este mês. Como eu disse, leio muito rápido. Luke disse que eu devia ler a série "Carona" depois. Não sei o que é isso, mas espero que seja uma história verdadeira sobre um casal que viaja sozinho, à noite, e pegam uma carona, mas o carro desaparece antes de chegar à próxima cidade. Uma vez isso aconteceu com uns amigos dos pais de Luke. É assustador... Não que eu acredite em fantasmas. Deve ter sido o capitão Mark Freeloader salvando o mundo no livro 18! Ha!

Cordialmente,
Arthur Bean

2 de janeiro

Querido Diário de Leitura,

Eu li um monte de livros nas férias. O pior foi *Canja de galinha para a alma*. Minha tia me deu esse porque achou que seria calmante e tal. Eu acho que devia chamar *Vômito para a alma*, porque é o que me fez querer fazer.

Cordialmente,
Arthur Bean

1º de março

Querido Diário de Leitura,

Li um monte de livros sobre teatro, já que vou ser o protagonista da peça. *Fingindo ser outra pessoa* foi o melhor. Eu normalmente não gosto de livros de não ficção, mas às vezes temos que ler para aprender coisas. Dois deles tem muito boas dicas sobre atuação. Aprendi uma dica para parecer bêbado de verdade. Para se fingir de bêbado faça de conta que há uma bola no topo de sua cabeça e tente mantê-la ali, não importa por onde andar. Isso faz mexer mais a cabeça e dar passos engraçados. Vou tentar parecer bêbado hoje no ensaio; vai ser uma cena em um baile, então provavelmente vou ter tomado uma cerveja.

Cordialmente,
Arthur Bean

1º de junho

Querido Diário de Leitura,

Andei lendo HQs porque Robbie gosta delas. Eu achava que eram para crianças, mas são muito legais. Robbie até pensou em escrevermos uma juntos, mas eu não sei desenhar. Acho que Robbie poderia desenhar e eu escrever. Ou pelo menos eu poderia corrigir sua gramática e ortografias... HA!

Cordialmente,
Arthur Bean

Caro Arthur,

Uau! O número de páginas que você preencheu em seu diário é impressionante. Foi por isso, talvez, que o entregou atrasado?
   Acho maravilhoso você conseguir se conectar tão profundamente com o que lê. Tão profundamente que você praticamente passou fita adesiva em todo o diário. É estranho... os únicos registros que você deixou para eu ler são os que escreveu no primeiro dia de cada mês, e também parecem ter sido colados com fita em outras obras...
   Também fiquei meio confusa; Talvez você não saiba, mas eu sou uma ávida leitora de ficção científica (temos algo em comum!). Eu fui procurar essa misteriosa série do Capitão Mark Freeloader de que você fala tão bem, mas, estranhamente, não a encontrei on-line nem na biblioteca. É muito estranho que uma série tão prolífica (dezoito livros!) esteja tão escondida, não é? Há alguma reflexão sobre essas anomalias em seu diário de leitura?

Sra. Whitehead

Cara sra. Whitehead,

Eu não acho estranho. Para ser honesto, eu acidentalmente deixei meu diário na casa de Nicole, e não consegui encontrá-lo em lugar nenhum. Mas eu sabia quanto era importante manter a escrita, de modo que continuei escrevendo separadamente. Eu me esforço para ser o melhor aluno, e tudo que eu colei com fita foram rabiscos e receitas de Nicole e essas coisas. Ela não sabia que era uma lição da escola.

E o Capitão Mark Freeloader é muito sigiloso. Na verdade, você tem que se inscrever em uma lista de discussão para obter os livros, e tem que mandá-los de volta assim que acabar. Eu gostaria de lhe dar o endereço, mas tive que prometer a Luke que não contaria a ninguém, já que ele nunca deveria ter me contado. Então agora a sra. sabe meu segredo. Não conte a ninguém que sabe do capitão!

Cordialmente,
Arthur Bean

Bem, Arthur, espero que tenha aprendido <u>alguma coisa</u> com o diário de leitura. Nós dois vamos nos assegurar de que ano que vem você não o perca de novo. Talvez a lição para você este ano seja cuidar melhor de seus pertences
   No próximo ano espero ver mais reflexões profundas. Agradeço sua "honestidade" — e vou me assegurar de que nada vaze sobre o capitão Mark Freeloader. Se vazar, não será porque eu ou você demos com a língua nos dentes!

Sra. Whitehead

29 de junho

Querido DL,

Último dia de escola amanhã!
 Meu pai me perguntou se devia me inscrever no acampamento de artes neste verão. Ele disse que uma mulher de seu trabalho sugeriu, que a filha ia e gostava. Lá se vai meu sonho de ir para a Austrália. Talvez seja melhor. Eu odiaria ser comido por um tubarão, tão longe de casa. Acampamento de artes pode ser legal, mas não sei. Eu nunca acampei antes. Esse tem escrita e pintura, e papai disse que têm câmeras de vídeo para as crianças usarem. Na verdade, eu acho que daria um ótimo diretor de cinema. Eu poderia ser o próximo Steven Spielberg ou Ed Wood! Além disso, Robbie vai para o mesmo acampamento, de modo que pode ser legal. Espere! A não ser que ele esteja planejando me matar, como o cara de nossa história... Ótimo. Agora vou ter que ficar longe do lago.
 Queria que Kennedy fosse também, mas ela vai este fim de semana para a Malásia. Pelo menos, acho que foi isso que ela disse. Ela estava chorando muito. Acho que também mencionou que ia sentir falta do namorado. Foi uma despedida chata. As meninas são muito estranhas, às vezes. Acho que ela disse que ia me escrever. Ou, pelo menos, disse que ia me responder. Isso significa que ela vai pensar em mim do outro lado do mundo? Espero que no acampamento de artes haja um bom dicionário de rimas para minha poesia.
 Meu pai vai acampar também. Ele se inscreveu para um retiro de ioga. Achei terrível. Ele tem que

fazer ioga três ou quatro vezes por dia, e um monte de meditação no meio. E não só isso, toda a comida é vegetariana. Espero que no acampamento de artes haja hambúrgueres. Artistas comem hambúrgueres, certo?
Eu quero levar você comigo, DL, mas não sei se vou ter espaço na mochila. Além disso, não quero que Robbie ponha as mãos em você. Talvez eu comece outro DL. Não vou chamá-lo de DL, prometo. Talvez DA, Diário do Arthur. Acho que vocês vão se dar bem, tanto quanto sejam capazes de conversar, hahaha!

Cordialmente,
Arthur Bean

⏩ ⏩ ⏩

Caro Arthur,

Chegamos ao fim do ano, e devo dizer que foi uma experiência de aprendizado para mim também, lecionando e vendo você crescer! Você é criativo em tudo que faz. Ouvi dizer que você estará em minha classe ano que vem. Já que você já tem uma voz definida como escritor, vamos nos concentrar em dirigir sua escrita de forma correta, e fortalecer sua capacidade de organização também. Espero que o oitavo ano traga mais desafios criativos para nós! Tenha um ótimo verão; leia muitos livros e escreva o que seu coração ditar!

Cordialmente,
Sra. Whitehead

Cara sra. Whitehead,

Eu entendo, e não a culpo. É difícil trabalhar com crianças tão talentosas como eu. É uma bênção e uma maldição, de verdade.

Cordialmente,
Arthur Bean

RELATÓRIO DE FINAL DE ANO

Foi um prazer ter Arthur em minhas aulas. Ele participou ativamente das discussões e mostrou um grande interesse pelos temas estudados. Arthur precisa melhorar no cumprimento de prazos, no respeito à autoridade dos professores e em permitir aos outros a oportunidade de partilhar suas opiniões em sala de aula. Estou ansiosa para lecionar para ele no ano que vem. Tenha um ótimo verão!
Relatório de Final de Ano anexo.

Arthur Bean
Inglês 7A — Sra. Whitehead
Relatório de Final de Ano

Minha Apresentação	*82%*
Carta ao Meu Futuro Eu	*80%*
Elegias e Odes	*64%*
Acrósticos	*79%*
Poema Desafio	*73%*
Poemas de Remembrance Day	*63%*
Reflexões Shakespeareanas	*75%*
Diário de Personagem	*61%*
Escrita Livre. Tema: Festas de Fim de Ano	*89%*
Esboço de Personagens	*89%*
Entrevista com um Amigo	*60%*
Entrevista Sobre Mim	*78%*
Cenas Dramáticas	*77%*
Conflitos	*65%*
Planilha de Compreensão de Texto	*42%*
Limeriques	*49%*
Biografia de Escritor Famoso	*51%*
Romance Resposta	*53%*
Tirinhas	*83%*
E Se . . .	*80%*
A Primavera Floresceu!	*87%*
Contos	*75%*
Conclusões/Finais Alternativos	*82%*
Diário de Leitura	*Completo*

AGRADECIMENTOS

Obrigada a Maggie de Vries, que me ajudou a tirar esta história esboçada de uma tese que escrevi e ir além com ela. Eu teria tropeçado sem seu incentivo, conhecimento e orientação. Sou grata a Sandy Bogart Johnston, Erin Haggett e a equipe da Scholastic, que foram maravilhosamente pacientes e sensatos. Obrigada a Aldo Fierro pelo maravilhoso design da capa e do livro, e a Simon Kwan, por dar vida aos rabiscos de Robbie.

Obrigada a todos do programa MACL da UBC, que forneceram orientação e experiência, incluindo Linda Svendsen, Rhea Tregebov, Judith Saltman e Judy Brown. Agradeço a Joanna Topor MacKenzie, Dorothea Wilson-Scorgie, Lara LeMoal, Alana Husband, Joe Sales, Writers' Exchange (incluindo Jennifer Macleod, Sarah Maitland e Cito Catston), bem como a inúmeras outras pessoas, cuja opinião, entusiasmo, ajuda e amor são tão apreciados; e a todos vocês que eu gostaria de citar aqui, mas que vão ter que reconhecer que esta mensagem é para vocês.

E, claro, obrigada a toda minha família, composta por pessoas alegres, maravilhosas e criativas. Em particular, a meus irmãos Curtiss e Andrew, por me ensinarem a nunca esquecer uma história boa ou embaraçosa; a meus pais, Diane e Robert, pela criação de um lar de amor, apoio, piadas e poemas épicos; e ao meu primo Courtney, meu primeiro parceiro de escrita e minha alma gêmea: obrigada.

E NO PRÓXIMO ANO...

Acredito que chamar nossa nova companhia cinematográfica de Bean e Zack Produções Artísticas explica nossos nomes, nos torna famosos e vai ficar ótimo nos créditos de abertura de *Fim das aulas para os zumbis*. Robbie só precisa concordar.
— Arthur

É sem graça. Também podemos chamá-la de "Artie é um Nerd Gigante Produções". Filmes de Zumbi têm que ser mais impressionantes e menos nerd. todo o mundo sabe disso.
— robbie

Não perca mais diversão e rivalidade — e uma ideia de filme muito bizarra — nas novas aventuras de Arthur Bean, Robbie Zack e Kennedy Laurel.